心灵悦读

青　影／主编

Awaken the Dream in Your Heart

快乐心灵的真情故事

江苏凤凰美术出版社

图书在版编目（CIP）数据

快乐心灵的真情故事 / 青影主编 . -- 南京 : 江苏凤凰美术出版社 , 2018.8（2021.1 重印）

（心灵悦读）

ISBN 978-7-5580-3430-5

Ⅰ . ①快… Ⅱ . ①青… Ⅲ . ①故事—作品集—世界
Ⅳ . ① I14

中国版本图书馆 CIP 数据核字 (2017) 第 285339 号

责任编辑 李秋瑶
封面设计 宋双成
版式设计 文贤阁
责任监印 唐　虎

丛 书 名 心灵悦读
书　　名 快乐心灵的真情故事
主　　编 青　影
出版发行 江苏凤凰美术出版社（南京市湖南路 1 号　邮编：210009）
出版社网址 http://www.jsmscbs.com.cn
印　　刷 三河市嘉科万达彩色印刷有限公司
开　　本 710mm × 1000mm　1/16
印　　张 14
版　　次 2018 年 8 月第 1 版　2021 年 1 月第 2 次印刷
标准书号 ISBN 978-7-5580-3430-5
定　　价 29.00 元

营销部电话 025-68155675

前言 / PREFACE

在清闲午后或落日黄昏，抚一本充满阳光气味的书，满载情感的文字撞击着我们的心灵：亲情故事让我们感悟、分享亲情，它是滋养我们心灵的情感雨露；感恩故事让我们懂得什么是爱，它调出我们生活的好心态；智慧故事是我们最珍贵的礼物，它用灵动的思维让一个手无寸铁的人战胜巨大的困难；名人故事让我们欣赏名人的成功之处，借鉴名人的智慧……

一本好书可以影响一个人的一生；一本有价值、有思想的书，能够使我们成长，给我们感悟，让我们从一个起点到达另一个更高的新的起点。中学时代正是增长知识、开拓眼界的时期，更应该用现有的智慧、用书来充实自己，在心与心的对话、情与情的交融、理与理的辩证中，认识社会，感悟生活，美化人生，绽放生命的光彩！为此，我们精心编写了这套《心灵悦读》，针对心态、淡泊、宽容、尊重、爱、友谊、善良等重大人生课题，用启迪思想的哲理和触动情感的文字，启迪青少年朋友的心灵，让他们拓展视野，增长知识，理解学习和生活的意义，在积极主动的思维和情感活动中受到熏陶，更加热爱生活，让生命更精彩！

启迪心智灵感，点拨智慧人生。快乐心灵的故事犹如灿烂的阳光，可以温暖青少年朋友成长的岁月；温馨快乐的言语犹如汩汩清泉，可以滋养青少年朋友的心田；字里行间闪现的智慧之光，可以为青少年朋友指明前进的方向。

我们诚挚地期望，本书能够陪同青少年朋友快乐成长，洗涤心灵，提升人生品位，打造成功的健康人生、理想的阳光人生。

囿于编者水平，加之时间仓促，难免有挂一漏万之憾，敬请读者朋友们指正，在此我们深表谢意！

目录

CONTENTS

第一章　母亲的爱，为我点亮心中的灯

第二章　沉默的背后，父爱一直都在

第三章　在千万人中，寻找一个对的人

第四章　一起前行，朋友之间需要相互支持

第五章　传递真情，关爱身边的每一个人

第一章

母亲的爱，为我点亮心中的灯

母爱如灯

在风雨飘摇的日子里

指明

远方的道路

即使如豆般微弱

渺小

也能在泥泞的路上

走出

宽广大道

理解母亲的艰辛

青年右手拿着毛巾，左手去握母亲的脚，他这才感到母亲的双脚已经像木棒一样僵硬，他不由得抱着母亲的脚潸然泪下。

日本一个名牌大学的毕业生应聘一家大公司。社长审视着他的脸，出乎意料地问：“你替父母洗过澡、擦过身吗？”青年很老实地答道：“从来没有。”“那么，你替父母捶过背吗？”青年想了想，说：“有过，那是在我读小学的时候，那时母亲还给了我10块钱。”在诸如此类的交谈中，社长只是安慰他别灰心，会有希望的。青年临走时，社长突然对他说：“明天这个时候，请你再来一次。不过有一个条件，刚才你说从来没有替父母擦过身，明天来这里之前，希望你一定要为父母擦一次身，能做到吗？”这是社长的吩咐，因此青年一口答应。

青年虽大学毕业，但家境贫寒。他刚出生不久父亲便去世了，从此，母亲做用人拼命挣钱。孩子渐渐长大，读书成绩优异，考进东京名牌大学。学费虽令人生畏，但母亲毫无怨言，继续帮佣供他上学。直到今日，母亲依然还去帮佣。

青年回到家，母亲还没有回来。母亲出门在外，脚一定很脏，他决定替母亲洗脚。母亲回来后，见儿子要替她洗脚，感到很奇怪。于是，青年将自己必须替母亲洗脚的原委说了一遍。母亲很理解，便按儿子的吩咐坐下，等儿子端来水后便把脚伸进水盆里。青年右手拿着毛巾，左手去握母亲的脚，他这才感到母亲的双脚已经像木棒一样僵硬，他不由得抱着母亲的脚潸然泪下。读书时他心安理得地花着母亲如期送来的学费和零花钱，现在他才知道，那些钱是母亲的血汗钱。

词语百宝箱

僵硬　潸然泪下

第二天，青年如约去了那家公司，对社长说："现在我才知道母亲为了我受了很多苦，您使我明白了在学校里没有学过的道理。如果不是您，我还从来没有握过母亲的脚。我只有母亲一个亲人，我要照顾好母亲，再不能让她受苦了。"社长点了点头，说："明天你到公司上班吧。"

真情感悟

一个人要理解社会、理解人生，入门的第一课即是要理解母亲养育自己的艰辛，懂得了那份辛劳与期待，才能真正地珍惜自己、热爱生活、勤奋工作。

让爱变成永远

由于风势太大，能见度不足1米，上或下都意味着危险或死亡。两人无奈，情急之中找到一个山洞，只好进洞暂时躲避风雪。

有一对夫妇是登山运动员，为庆祝儿子1周岁的生日，他们决定背着儿子登上7000米高的雪山。

夫妇俩轻松地登上了5000米的高度。然而，就在他们稍事休息准备向新的高度进发时，风云突起，一时间狂风大作，雪花飞舞。气温陡降至零下三四十摄氏度。由于风势太大，能见度不足1米，上或下都意味着危险或死亡。两人无奈，情急之中找到一个山洞，只好进洞暂时躲避风雪。

气温继续下降，妻子怀中的孩子被冻得嘴唇发紫，最主要的是他要吃奶。要知道在如此低温的环境之下，任何一寸裸露的肌肤都会导致体温迅速降低，时间一长就会有生命危险。怎么办？孩子的哭声越来越弱，他很快就会因为缺少食物而被冻饿致死。丈夫制止了妻子几次要喂奶的要求，他不能眼睁睁地看着妻子被冻死。然而，如果不给孩子喂奶，孩子很快就会死去。妻子哀求丈夫："就喂一次。"丈夫把妻子和儿子揽在怀中。喂过一次奶的妻子体温下降了两摄氏度，体能受到了严重的损耗。时间一分一秒地流逝，孩子需要一次又一次被喂奶，妻子的体温一次又一次地下降。

三天后，当救援人员赶到时，丈夫已冻昏在妻子的身旁，而他的妻子——那位伟大的母亲已被冻成一尊雕塑，她依然保持着喂奶的姿势屹立不倒。她的儿子，她用生命哺育的孩子正在丈夫的怀里安然地沉睡，他脸色红润、神态安详。

为了纪念这位伟大的母亲、妻子，丈夫决定将妻子最后的姿势铸成铜像，让妻子最后的爱永远流传。

词语百宝箱

屹立不倒
神态安详

真情感悟

父母之爱是世间最伟大的爱，虽然这种爱有时是看不见的，但能被感觉到，因为这种爱是全心和无私的。为人子女者，应该珍惜这份伟大的爱，尽自己的孝道，以回报父母的爱。

母亲的眼泪

“你知道吗？作为一个母亲，最痛苦的事便是不能保护自己的孩子。”她一字一句地说着，泪水如断了线的珍珠直往下掉。

有生以来，我只看见母亲流过一次泪。

那个时候，我常常因为我的母亲而感到自卑，她是个清洁工人，连自己的名字也不会写，每天沉浸在米又涨了价、油也涨了价之类的琐事中，生活的重担压得她的头发挤尽了最后一丝黑色。患了绝症的父亲死得很早，留下的遗产是一笔一辈子也还不完的债。每到月底，我都会看见母亲从领来的可怜巴巴的几张钱中拿出一半还给别人，然后一分一厘地算计着过日子。

每次学校开家长会，我都不愿母亲出席，在街上和别的同学一起走时看见她正在打扫街道，我也装成一般熟人一样点点头就和她擦肩而过，有时甚至偷偷地溜走。有时候她满头大汗地推着整车的垃圾路过我们学校，为了不让别人知道她就是我的母亲，我总是远远望见便躲起来，一些不相识的同学反而主动争着帮母亲推车。每当这时候，我就很痛苦。虽然我爱我的母亲，也知道她是为我做得这一切，但我怕别人因此而瞧不起我。在学校里，我很内向，觉得同学们都因为我的贫穷而瞧不起我。

别的和我一样大的女孩子都打扮得像花蝴蝶，走在人前又光鲜又靓丽，如果我有和她们一样的衣服，难道我会比她们丑？别的同学家里有电子琴，有游戏机，有可以辅导功课的父母，而我的母亲能给我的，只是一天三顿饭和一堆难以下咽的咸菜，还有补丁上又打补丁的用她的工作服改成的所谓的衣服。

母亲也能感觉出我对她的疏远，但她从来没有半句责怪的话。她常常呆坐在窗前想着什么，缝衣服时针刺破了手也无知觉。

那年春天，我家的屋梁上突然来了两只“勘察”地形的燕子，然后每天有了燕子“唧唧”的叫声。它们衔着泥飞进飞出，忙着筑巢、孵蛋。

小燕子出世后也成天叫着，吵得我十分恼火，还不时从空中掉下粪便来。我忍不住找了根长杆子要去捅了那个燕巢，母亲见了，竟很生气，不顾一切地阻止我。她向来对我百依百顺，现在却那么固执地要保护这个燕巢，我十分气愤，更加对它怀恨在心，那几只黑不溜秋的燕子更显得格外讨厌。

此时，母亲已接近退休的年龄了。她虽说做了二十几年的清洁工，却一直没有转正，只是个临时工，年龄一到，单位便不会再让她上班，并且没有半分钱的退休金，而我正在读初中，如果想出人头地，必定还要上很多年学，这无疑会给我们娘俩的生活带来更大的困难。对此，我除了担忧外，也只有违心地劝慰母亲，说：“没有事的，我不上高中不考大学了，我去念中专，一毕业便可以工作了。”母亲闻言很是内疚，因为我在学校是尖子生，常常考第一。她能为我做的便是包揽一切家务，什么活儿都不让我插手，其实她也知道我有多想上大学。

自从我主动提出上中专以后，母亲的心情渐渐好了起来，甚至有时还同我唠叨几句什么谁谁扫地时拾到一个钱包，谁谁的女儿今天出嫁……发现我并不在听时便戛然而止，眼睛移向别处，最后目光

词语百宝箱

靓丽　不顾一切
百依百顺　出人头地
戛然而止

必然停在那个燕巢上，看着老燕子为小燕子喂食。每当这时，她那凄凉的神情总会让我心颤，于是我又一次坚定了将燕巢毁掉的想法。

词语百宝箱

心悸

声嘶力竭

颓然

有一天放学很早，我估计母亲还要很长时间才会回来，便拿了根竹竿，三下两下将燕巢捅了下来。三只羽毛尚未丰满的燕子摔在地上，哀叫着、扑腾着，我看着有些心悸，便将它们扔出了墙外。老燕子回来后不见了燕巢与小燕子，急得“唧唧、唧唧”地叫着、飞着、寻着，由着急到失望，再由失望到绝望，那叫声半是仇恨半是悲伤，我不禁有些后悔自己的残忍。

母亲回来后，一眼便看出发生了什么事，气得脸上青筋直跳，剧烈地喘着气：“你疯了吗？为什么要将燕巢毁掉？”她声嘶力竭地朝我大吼。我第一次看见她发那么大脾气，吓得不敢吭声。母亲像补偿似的找了些剩饭给那两只燕子吃，两只老燕子看也不看，像倾诉着什么似的叫着，最后嗓子嘶哑了，无力地盘旋了几圈后飞走了。

望着两只燕子远去的身影，母亲颓然坐下，眼里满是泪水。一瞬间，她苍老了许多。“你知道吗？作为一个母亲，最痛苦的事便是不能保护自己的孩子。”她一字一句地说着，泪水如断了线的珍珠直往下掉。

一年后母亲就去世了，直到她临死前我才知道，早在两年前她就和父亲当年一样也患了癌症，但为了供我上学，她一直坚持上班挣钱。母亲死后，我寄住在一个亲戚家里，饱尝了寄人篱下的滋味，生怕有一天主人也会赶我走。夜深人静时，我时常想起那两只燕子，想起母亲的眼泪。我终于长大了，能够照顾自己了，我明白自己正是在看见母亲眼泪的一刹那才长大的！

真情感悟

母爱如歌，母亲的爱总是那么阳光、那么暖、那么浓、那么及时，一如那古老的歌谣，伴着我们快乐成长！

永不熄灭的灯

她的孩子被每一个人吻着，然后一只手接一只手地递到她的怀中。这位母亲被这巨大的温情感动了，于是，她决定活下去，并想尽一切办法拯救自己的儿子。

一位母亲生下了一个患有脑瘫的孩子。最初的时候，她曾满怀信心和希望试图将这个幼小的生命治好，使他的一生不至于残缺。但是，她失败了。

儿子长到4岁的时候，仍然不能直立行走，言语也有极大的障碍。面对这样的事实，万念俱灰的她领着孩子来到了长城上，她准备从这古老的城垣上跳下去，结束这多难的一生。可当她爬上城垛想要往下跳的时候，却发现自己怎么也用不上劲儿。她回过头，身后的情景让她热泪盈眶，终生铭记。

很多人在拉着她的衣服、身体，而在他们身后的是由更多的人组成的人链。她的孩子被每一个人吻着，然后一只手接一只手地递到她的怀中。这位母亲被这巨大的温情感动了，于是，她决定活下去，并想尽一切办法拯救自己的儿子。

在以后的日子里，她近乎疯狂地寻找所有她能找到的治脑瘫的医生，她力所能及地踏遍了从山间诊所到京城大

词语百宝箱

万念俱灰
热泪盈眶
力所能及

医院所有能治脑瘫的地方，学习一切可以治疗脑瘫的方法。十几年间，儿子学什么，她就学什么。为了帮助孩子恢复灵敏的知觉，她教孩子学音乐、辨音。她曾一遍又一遍地按那架破钢琴的琴键，直到手指肿得按不动。苦心人，天不负，她终于成功了。她的孩子不仅顺利地完成了小学到高中的学业，而且在 19 岁那年走进了大学，创造了一个奇迹。

这就是坚韧的母爱。

真情感悟

母爱如一盏灯，点燃了就永远不会熄灭，照亮了一个又一个孩子内心的黑暗和前进的路途。

至真至诚的教诲

感悟出一切，我忍不住痛哭起来，不是为自己悲惨的命运，而是为妈妈的良苦用心。一种负疚的感觉充满了我的心。

总记得孩提时那个月朗星稀的夏夜，在屋外，沐浴着如水的月光，妈妈以深沉舒缓的语调，为我讲述了一个平淡无奇的故事。

“在一片茫茫的大海上，有一位水手不慎落水了，他游啊，游啊，可游来游去总找不到岸边。眼看他筋疲力尽快要沉下去了，这时，一盏灯出现在他的前方，他又振作起来，奋力拼搏着，终于，游到了一座有着一盏灯的小岛。他得救了。”

故事讲完了，妈妈看着我因患病而瘫痪的双腿，意味深长地说：“那是他的生命之灯啊！”

幼小的我依偎在妈妈的怀里，听着这个简单得不能再简单的故事，心中懵懵懂懂。那时我哪里知道，这其实是妈妈悉心培养残疾的我坚强性格的开始！

妈妈是一位教师，或许是由于职业的影响，她一直认为，身体残疾了，这是既成的事实，悲悯、哀怨都是不正确的

词语百宝箱

平淡无奇
筋疲力尽
意味深长
悲悯　哀怨

态度，最要紧的是必须注重心理素质的培养，不能因为身体的残疾再产生一颗不健康的心！

妈妈是这么想的，也是这么做的。

我入学的时候，正好进入了她所执教的班级。由此，妈妈在把满腔的爱献给自己所钟爱的事业的同时，也为我的成长付出了极大的心血。她一边传授我知识、照料我的生活，一边又很注重我心灵上的耕耘。

入学后不久，我赶上了一次全体学生参加的长跑活动。这是我从未有过的体验，因而这对我来说是那样新奇和极具诱惑力。我掰着手指问妈妈："什么时候开始啊？"妈妈没有回答我，脸上却掠过了一丝不易察觉的阴云。其实妈妈正为我的"长跑"而犯愁：双腿瘫痪，怎么"跑"呢？但把我一个人撂在教室里，恐怕又会令我过早地感受到双腿的残疾，品味出生活的不幸，从而在我幼小的心灵上造成深深的创伤。最终，妈妈背着我参加了长跑，她累得气喘吁吁，而我却非常兴奋，俨然和同学们一样"跑"完了全程。

瘫痪的阴影到底还是来了。读二年级的时候，有一天，不知为什么，我忽然一下子真切地感受到了双腿的残疾，感受到由此而生出的诸多不便，进而大哭起来。看着伤心至极的我，妈妈也忍不住泪流满面。随即，妈妈擦去了泪水，给我讲起了保尔·柯察金的故事。听着妈妈的讲述，我的心渐渐地平静下来，随后，我偷偷地擦干脸上的泪，坚强地昂起头，攥紧小手，心中祈望自己成为"中国的保尔"。作为母亲，看着自己的孩子遭受如此不幸，心中不可能不难受，但是，妈妈为了以自己的坚强感染孩子，把泪全咽进了肚子里。

回想起童年时期，高士其、吴运铎、海伦·凯勒……这一系列的名字，通过妈妈讲述的故事，他们一个个嵌入了我的脑海，给了我无穷的力量。

词语百宝箱

耕耘　气喘吁吁

嵌入

这一切，是我童年生活道路上的盏盏灯火！

作为妈妈的学生，尽管我是班上年龄最小的一个，且又身有残疾，可在这里，尤其是在学习上，我不可能有丝毫的特殊，为取得好的成绩，必须和普通的同学一样去努力。记得那是在一次期中考试前，试卷制好了，就放在妈妈的办公桌上。我出于天真和好奇，忍不住拿过来，准备打开看。妈妈发现了，轻轻地推开我的手，说："好的成绩要靠自己的努力去争取，不然的话，成绩再好，也算不上真正的成绩。"我脸红了。多少年过去了，这一句平平常常的话却让我铭记至今，令我受用不尽。

然而，对于我的每一次成功，即使是微小的成绩，妈妈也总是热情鼓励，多加称赞，以作为我前进的动力。读四年级的时候，在一次校作文比赛中，我力克群雄，得了第一名。妈妈毫不掩饰自己的兴奋，对我说："这不，只要努力了，你就会出类拔萃的。"

正是基于妈妈这样的教诲，在整个小学和初中阶段，我渴求上进，一直品学兼优，几乎囊括了学校所有的第一。

光阴荏苒，转眼之间，我读完了初中，又以优异的成绩取得了高中入学资格。但是，由于身体原因，我不得不辍学了，这是我从未预料到的结局，也令我陷入了一种超乎寻常的消沉和痛苦之中。

那一日午后，妈妈随手把一本泰戈尔的《飞鸟集》丢在我的桌上。我忍不住拿过来翻看着、读着，忽然发现了一首被妈妈做上记号的诗：

"如果你因为失去了太阳而流泪，那么也将失去群星了。"

妈妈微笑着问我："读得懂吗？"我点了点头。

妈妈又问："记得我讲的那个《生命之灯》的故事吗？"

寥寥数语，胜似千言。妈妈这一问，使我猛然间醒悟过来：妈妈的一言一行看似随意，其实全是刻意的啊！

我终于不再懵懂了。

感悟出一切，我忍不住痛哭起来，不是为自己悲惨的命运，而是为妈妈的良苦用心。一种负疚的感觉充满了我的心。妈妈强忍住泪，哽咽着对我说："哭吧，哭出来心里

词语百宝箱

力克群雄
毫不掩饰
出类拔萃

会好受些。”

妈妈又一次为我点亮了生命的灯。

词语百宝箱

崎岖　惬意

在妈妈的鼓励下，我又振作起来，走上了一条自学之路。这条路虽然崎岖坎坷，但磨炼了我的意志，使我找到了生活的支点。如今，经过多年的奋斗，我早已完成了大学本科学业，并且有了一份自己的事业，赢得了地市级“十大杰出青年”的荣誉称号。面对这一切，我笑了，妈妈也笑了，笑得舒心、笑得惬意。

那一天，我又翻出了泰戈尔的《飞鸟集》，无意间，这样一首诗引起了我的注意：

“我不能选择那最好的，是那最好的选择了我。”

哦，妈妈，这首短诗您一定读过。您对我的教诲，用这首诗来比拟，无疑是最恰当不过的了。

岁月流逝，空间也在不断地转换。随着时空的变化，许许多多的东西会被尘封和锈蚀。但无论何时何地，对于我，妈妈的教诲都是至真至诚的。

这，已成了我生命中另一盏永不熄灭的灯火！

真情感悟

儿女们所有的不幸，在母亲那儿都是加倍的，母亲又是以怎样的毅力单肩挑起这加倍的不幸的呢？

一碗青菜叶

碗没碎，母亲摔下来的时候尽力保护着它，但碗里的青菜洒了一地，母亲的衣服、脖子上都沾上了——母亲的碗里全是青黄的菜叶，仅是菜叶上沾着些米粒！

小刚 7 岁的时候死了娘，10 岁时母亲走进他家的门，成了他的后妈。

乡亲们说："后娘的心是 6 月的太阳——毒透了。"他们的眼睛似乎告诉小刚，更悲惨的生活还在后面。其实，即使乡亲们不说，书籍、电影中关于"继母"的故事已经太多太多，在母亲走进家门的一刹那，小刚就把充满敌意的目光投给了她。

小刚的父亲在乡村小学做代课老师，日子过得紧紧巴巴，母亲来了以后种了两亩地。生活渐渐好转，但依然会为吃穿的事儿发愁。一间茅草屋，两张破床，家里最值钱的恐怕就是那张传了几代的大方桌。每天，他们一家人就围在上面吃饭。青菜饭、萝卜饭是那时常见又有点儿奢侈的饭食，父亲通常会问小刚学习上的事情，而母亲则话不多，坐在一张高高的大凳上，手中的碗也举得高高的，吃得有滋有味。

小刚被安排坐在一张矮凳上，刚好够着大方桌。他常常拨弄着碗中的饭粒无从下咽，心中无比委屈："要是妈妈在世，

> **词语百宝箱**
> 奢侈　委屈

那大高凳可是属于我的。可现在……更气恼的是，我连她吃的是什么都看不见！”

小刚终于寻到了一个机会，一个让母亲知道他也不是好欺负的机会——他找到了一把旧的小钢锯，趁母亲下地劳动的时候，搬来那张原本属于他的高凳，选择一条腿，从内侧往外锯，直锯到只剩下一层表皮。从外面看凳子依然完好无损，但小刚知道，稍微有些重量的人坐上去准会摔跟头。

那天中午，母亲烧的是青菜饭，先端上来的是小刚和他父亲的饭碗。小刚坐在自己的位置上，埋头吃饭，心里有些忐忑不安，却又希望发生些什么。母亲端着她的大碗，坐在大高凳上，手中的碗照样举得高高的，依然吃得有滋有味。小刚的计划落空了，她并没有从高凳上摔下来。

小刚一边回答父亲的提问，一边偷偷把脚伸到母亲的高凳旁，希望把那条断腿给弄下来，偏偏够不着，未能如愿。聪明的小刚故意把筷子掉到地上，趁着拾筷子之际，脚用力一蹬，“咔嚓”一下，全神贯注吃饭的母亲根本不会想到凳腿会断，“哎哟”一声被重重摔在地上。碗没碎，母亲摔下来的时候尽力保护着它，但碗里的青菜洒了一地，母亲的衣服、脖子上都沾上了——母亲的碗里全是青黄的菜叶，仅是菜叶上沾着些米粒！平时被小刚认为是难以下咽的米粒，在那一时刻、在青青的菜叶上，却显得那么生动，又是那么珍贵！

小刚终于明白，母亲坐得那么高，碗端得那么高，是害怕他看见她碗里枯黄的青菜，她把大米饭留给了他和他的父亲！

也就在那天，在母亲从地上爬起来的时候，在父亲举起手来准备打小刚屁股的时候，无比羞愧的他扑进了母亲怀里，喊出了他的第一声发自内心最深处的呼唤：“妈妈……”

真情感悟

常常有人用“后妈”来形容对孩子态度恶劣的女人，其实，有很多善良的妇女对待养子和亲子是一样的。

母爱的宽容

中年妇女慈祥地笑着说："刚到。"看来，这是母女俩。中年妇女，不，母亲丝毫没有责备女儿的意思。

在钢筋水泥的城市生活久了，人与人之间的感情变得是那样淡漠、那样冰冷，就像钢筋水泥城市的本身一样。

下班之后，我准备一个人坐公交车回家。那天下着雪，天气很冷，街上的行人都急匆匆地赶回亮着灯的家。

我在公交站牌下等了很久，公交车仍没有来，就在我恶狠狠地骂着鬼天气和这个城市的交通时，一个背着蛇皮袋的中年妇女从一辆公交车上下来，在站牌下走来走去，像要转车的样子。

公交车来了一班又一班，站牌下的行人越来越少，可中年妇女仍没有坐车走。这个站牌下的公交车除了我所要坐的那班车没有来之外，其他车次的公交车都过去了不只一辆，我想中年妇女肯定和我坐一班车。20 分钟过去了，站牌下那一块儿地方的积雪被中年妇女踩得光溜溜的。该死的公交车还没有来，中年妇女仍在东张西望地走来走去。

我所等的公交车终于来了，我想等她上车之后我再上，但她没有上车，我感到很奇怪。这班车她不坐，那她还坐哪一班呢？最后一班公交车缓缓地发动了，我没有坐，我想看看她到底想坐什么车。天有点儿黑了，中年妇女仍在不停地走来走去，神情还是那么专注，像是在走自己的人生路似的。

10 分钟过去了，来了一个骑自行车的少妇。少妇像我一样骂了骂鬼天气，然后问中年妇女："妈，你来多长时间了？"

中年妇女慈祥地笑着说："刚到。"看来，这是母女俩。中年妇女，不，母亲丝毫没有责备女儿的意思。

> **词语百宝箱**
> 慈祥　愧疚　寒噤冷漠

"路上碰见了一个朋友，聊了一会儿。"少妇冷冷地说，"我以为你到了一会儿了，没想到你也刚到。"少妇没有怀疑母亲的话，她没有看到母亲头上厚厚的积雪，也没有看到站牌下被母亲踩踏得光溜溜的那一小块儿地方，少妇没有丝毫的愧疚。

我想提醒少妇，母亲在这样寒冷的雪天里，已经等了她半个多小时了，可该怎么说呢？正在我思考之时，少妇又冷冰冰地说："也没有公交车了……"

"没事，咱们骑车回去。"母亲仍旧是一脸的慈祥。

"你看，路这么滑，也没法儿带着你……"少妇的话像冷冰冰的风吹得我打了几个寒噤。

"没事，我在后面跟着……"母女俩走了，女儿在前面骑着车，母亲一路小跑地在后面跟着……

我被震撼了，我震撼于母亲的宽容，在寒冷的雪天里等了女儿30多分钟却说1分钟也没有等，在母亲看来，等女儿再长时间也是应该的。我也震撼于少妇的冷漠，公交车是没有了，你不可以打个出租车，让母亲享受一下出租车里的温暖吗？即使说你没有带钱、路滑、交通规则不允许而不能载着母亲，你难道不可以让母亲坐上自行车，你推着她走吗？退一万步说，你不可以推着自行车和母亲一块儿走吗？

钢筋水泥改变了城市，城市淡漠了人与人之间的感情，也淡漠了儿女和母亲的感情。

真情感悟

母亲对儿女的感情是亘古不变的，即使钢筋水泥的城市变成完全钢筋的城市，母爱仍旧是宽容的。

母爱的至高境界

母亲在半空中先于小藏羚羊下降，小藏羚羊稳稳地踩在母亲的背上，以此作为支点做第二次起跳，顺利地逃到对面的峡谷，而它的母亲却无力第二次起跳，落入深谷摔死了。

在我的故乡青海高原的牧区流传着一个藏羚羊的故事。

有个盗猎分子在山上发现了一群藏羚羊，就在他开枪准备射击时，羊群发现了险情，很快向远处逃散。猎人举枪追击，体格健壮的藏羚羊跑在前面，把小一点儿的藏羚羊扔在了后面。逃到一个峡谷时，其余的藏羚羊都纷纷纵身跳了过去，只丢下一对母子。盗猎者很快追上了落在后面的母子俩。藏羚羊的弹跳能力很强，速度快的时候能跳数米远，但还没有完全长大的小藏羚羊跳不了那么远。很显然，在这种危险的情况下，它要不就是跌入深谷摔个粉身碎骨，要不就是落入盗猎者手中，而母藏羚羊足以跳过峡谷逃生。

盗猎者紧随其后追击，快追到峡谷尽头时，母子俩同时起跳，但是弹跳的那一瞬间母亲放慢了速度，几乎只用了和小藏羚羊相同的力量。母亲在半空中先于小藏羚羊下降，小藏羚羊稳稳地踩在母亲的背上，以此作为支点做第二次起跳，顺利地逃到对面的峡谷，而它的母亲却无力第二次起跳，落入深谷摔死了。

词语百宝箱

健壮　粉身碎骨

这一幕让盗猎者震惊了。他跪倒在地，含着泪将罪恶的枪扔到了山谷里。

尽管，母爱不一定要以自戕为代价，但那一降是母爱的升华，是母爱的至高境界，感天动地；那一跪是良心的觉醒，更是对母爱的至诚敬仰。

一个是爱的牺牲，一个是爱的醒悟。

真情感悟

动物也和人一样，在危急关头首先想到的是保护自己的孩子。母爱何其伟大！

母爱创造奇迹

他沉默寡言，常常一个人坐在屋前的花园里用很长时间看着花草小虫，他的父亲教训他："除了打猎、养狗、捉老鼠以外，你什么都不操心，将来会有辱你自己，也会有辱你的整个家庭。"

一个孩子，学习成绩差极了，老师说他的智力有问题。看上去，孩子的确有些迟钝。他沉默寡言，常常一个人坐在屋前的花园里用很长时间看着花草小虫，他的父亲教训他："除了打猎、养狗、捉老鼠以外，你什么都不操心，将来会有辱你自己，也会有辱你的整个家庭。"

他的姐姐也看不起这个学习成绩平平、行为怪异的兄弟。他在家庭中是一个不受欢迎的人，只有他的母亲关心、爱护他，她想如果孩子没有那些乐趣，不知道他的生活还会有什么色彩。她对丈夫说："你这样对他不公平，让他慢慢学会改变吧！"丈夫说："你这是同情，不是教育，你会毁了他的一生。"但她坚信，他是她的孩子，需要她的安慰和鼓励。她支持孩子到花园里去，还让孩子的姐姐也去。母亲想了一个主意，她对孩子和他的姐姐说："比一下吧，孩子们，看谁能凭花瓣先认出花儿。"她说，孩子要是比他

词语百宝箱

迟钝
沉默寡言
教训

的姐姐认得快，她就吻他一下。对孩子来说，这是多么令人兴奋的一件事，他回答出了姐姐无法回答的问题。他开始整天研究花园里的植物、蝴蝶，甚至观察到了蝴蝶翅膀上斑点的数量。

对于母亲的做法，父亲觉得不可理喻。那种同情是无助无望的，除了暂时麻痹孩子以外，根本毫无益处。但是，就是这位得益于母亲的鼓励和关爱，并醉心于花草的孩子，多年后成了生物学家，创立了著名的"进化论"。他就是达尔文。

真情感悟

在这个世界上，最不会抛弃自己的人一定是自己的父母，父母的爱和赞美是帮助我们直面人间风风雨雨最强大的力量，也是我们创造奇迹、书写完美人生的精神支柱。

极为悲壮的一幕

当工人再次把手伸向母亲的时候，她竟然连站立的力气也耗尽了，转眼间，便被大火吞没了。墙外，五个孩子声泪俱下地捶打着墙，大喊着“妈妈”。

一家人住在一套用木板隔成的两层商铺里。

母亲半夜起床上厕所，突然闻到一股浓浓的烟味，便意识到家中出事了。

等到父亲从梦中惊醒时，楼下已是一片火海，全家两个女儿、三个儿子以及两位雇工都被困在大火中。孩子们被叫醒后，个个如受惊的小兔子，逐一聚拢到母亲身边。幸好阁楼上的天花板只有一层，砸开它，就可以攀上后墙逃生。绝望之余，父亲带着两个雇工砸开天花板，并抢先翻过墙头。父亲出去后，再也没有回来，他只顾呼唤邻居救火。高墙里面，大火离母亲和五个孩子越来越近了。五个孩子中，最高的仅有1米，而围墙竟有2米多高。他们没有一个人能单独攀上去。幸运的是，墙头上有一个雇工留了下来，他一手紧抓房顶横梁，另一只手伸向墙内的母亲和五个孩子。“别怕，踩着妈妈的手，爬上去！”母亲蹲在地上，抓牢大儿子的脚，大儿子用力一蹬，抓住雇工的手，攀上了墙头，翻身脱离了险境。用同样的办法，母亲把二儿子和小儿子一一举过了墙。此刻，火舌已舔到脚掌，母亲奋力抓起二女儿。此时，她的力气已用尽，

词语百宝箱

惊醒　聚拢

浑身不停地颤抖。大女儿急中生智，协助妈妈把妹妹举过了墙。火海中，仅剩母亲和大女儿。大火已卷上了她们的身体，烧着了她们的衣服。大女儿哭着让妈妈离开，但母亲坚决地将女儿拉了过来，拼尽最后一口气，将大女儿托过墙头。当工人再次把手伸向母亲的时候，她竟然连站立的力气也耗尽了，转眼间，便被大火吞没了。墙外，五个孩子声泪俱下地捶打着墙，大喊着“妈妈”，而墙内的母亲再也听不见了，永远地闭上了眼睛。

词语百宝箱

颤抖　急中生智

消防人员赶到，很快将大火扑灭。人们进去寻找这位母亲时，看到了极为悲壮的一幕：她跪在阁楼内的墙下，双手向上高高举起，仍保持着托举的姿势。

真情感悟

面临生与死的抉择时，绝大多数母亲都会牺牲自己，以保证孩子的人身安全，这种感人的故事太多了。

一个纯粹的“母亲节”

为母亲们建立一个特别节日的想法是怎么产生的呢？它完全来自一百多年前的一个叫作安娜·梅·贾维斯的妇女。

在美国，每逢5月的第二个星期天，都要庆祝母亲节。这一天，孩子们给母亲送一张特别的母亲节贺卡，也会送一些鲜花或者糖果，来表达对母亲的爱和感激之情。

为母亲们建立一个特别节日的想法是怎么产生的呢？它完全来自一百多年前的一个叫作安娜·梅·贾维斯的妇女。

安娜出生于1864年5月，正是南北战争即将结束、林肯总统被刺之前的那一时期。她是一个基督教牧师的女儿，是个文静的小姑娘。

成年以后，安娜在宾夕法尼亚州费城的一家人寿保险公司工作。1906年，就在安娜42岁生日之后的两星期，她的母亲去世了，那天是5月的第二个星期天。

安娜开始变了。她不再那样文质彬彬，那样轻松自在、无忧无虑了。她现在只有一个生活目标——让她的母亲以及全世界的母亲，在5月的第二个星期天得到敬意。

经过一年多的精心筹备，1908年5月10日，在西弗吉尼亚的格拉夫顿，安娜举行了第一个母亲节的

词语百宝箱

文质彬彬　轻松自在
无忧无虑　筹备

教堂纪念仪式。

第二年，费城——她生活和工作的地方正式宣布：5月的第二个星期天为母亲节——这是首先确立母亲节的城市。又过了三年，西弗吉尼亚州——安娜的母亲居住过的地方，又把母亲节变成了全州性的节日。

一年以后，安娜获得了巨大的成功：美国国会通过了一项被称为“合众国第25号决议”的公告，把5月的第二个星期天永久确立为整个美利坚合众国的母亲节。

但是，安娜并不满意，事实上她愤怒极了。母亲节虽然确立了，但它已不再是孩子们向母亲表示谢意和敬意的时刻。相反，它变成了商业的庆典——商店怂恿人们给他们的母亲购买大量贵重的礼物。

商店大做其广告，让人们觉得，如果不送给母亲一张特别的、昂贵的节日贺卡，或者一些鲜花，那就是罪过。商店告诉孩子们，他们应该给母亲买华贵的穿戴，或者新奇的家庭摆设，来显示他们对母亲的爱。母亲节成了一种责任或债务，而不是对母亲的爱和感激之情的自然表达。

安娜决心同这种商品化的倾向进行斗争。这时她已经50岁了。她辞去了在保险公司的工作，把她的余生全部用来抵制那一天（她本是出于对母亲的敬意才建立起来的日子）的商品化倾向。她辞职时领到了10万美元，她把这笔钱全部用来促使人们重新回到母亲节的初衷上去。无论在哪儿发现适当的机会，她都要前去向人们宣讲。但是，她根本改变不了那些商人的头脑，她更改变不了已经商品化了的美国社会的习惯。因为大多数人发现，与其花费时间去探望母亲，和她聊聊天儿，帮她洗洗餐具、干点儿家务事，并且直接告诉她“我爱你，妈妈”，倒不如给母亲买一张贺卡，或者送一些鲜花、糖果来得更容易。

“你应该送她有用的东西，有永久意义的东西。”安娜说，“许多母亲睡在比石头还硬的床垫上，她晚上睡得暖和吗？是不是盖鸭绒被了？也许她需要一副新眼镜，需要舒适的鞋子，或者需要更好的照明设备，或许她的楼梯需要修理了，做子女的

词语百宝箱

怂恿　初衷

应当关心这些。”

安娜一刻也没有停息。她不停地讲，不停地呼吁，不停地写，直到有一天，她太老了，两鬓斑白，精疲力竭，再也说不出一句话来。她双目失明，两耳失聪；她钱财罄尽，一文不名。宾夕法尼亚州政府在“老人之家”里给她找了间屋子住下。“老人之家”就坐落在费城郊外的西切斯特。然而，在那儿期间，直到 1948 年 11 月安娜离开人世，她的家人在母亲节的时候却一次也没有来看望过她。

词语百宝箱

两鬓斑白
精疲力竭

这个故事令人悲哀的是：尽管安娜·梅·贾维斯发起了母亲节，并为保持其纯洁的意义而奋斗了一生，但她个人却从未得益于其中。安娜终身未婚，也从未做过母亲；她没有任何儿女在母亲节那天来向她表示他们的爱。她完全是为别人——那些做了母亲或将要做母亲的人，那些将要为她们的孩子而度过一生的人——耗尽了全部的生命。

真情感悟

母亲为我们操劳一生，需要的不是我们物质上的回报，看似十分简单的情感上的安抚和慰藉就足够了。

母亲节的丁香花

每逢母亲节，他们的孩子们都要采集那种紫色的花朵。

5 月的一个星期日，玛丽颇感忧郁。那天正好是母亲节，可是她的双亲却远在 800 英里外的俄亥俄州……

那天早晨，她曾给母亲打过电话，祝她老人家母亲节愉快；而她母亲提到，随着春天的来临，庭院里显得绚丽多彩。在她们谈话时，这位年轻妇女几乎嗅到了紫丁香那诱人的芬芳——那些花儿开在她娘家后门外的一株茁壮的丁香树上。

后来，当她对丈夫乔治说起她是多么想念那些紫丁香时，她丈夫猛地从椅子上站起来，说：“我知道哪儿能找到你要的东西，把孩子们带上，走吧！”于是，他们离开了家，开车沿着罗德岛北部的乡间道路行驶。这天，阳光明媚、碧空万里，周围一片嫩绿，充满生机，令人心旷神怡——只有在 5 月中旬才能有这样的天气。

他们停车的道路两旁，长满了茂密的雪松、松柏和矮小的桦树，却看不见一株丁香。

乔治说：“跟我来。”他们刚爬到半山腰，就感到花香扑鼻。孩子们开始往上跑，紧接着，妈妈也

词语百宝箱

绚丽多彩　阳光明媚
碧空万里　心旷神怡

跑了起来，她一口气跑到了山顶。

在那里，一株株亭亭玉立的丁香树上开满了硕大的、松果状的花朵，压得枝头几乎弯到地上。这些花远离驱车旅行的游人，也不受日益扩张的现代文明的侵袭。玛丽微笑着奔向离她最近的那一株，把脸埋在花丛里，尽情地汲取那迷人的芳香，陶醉在它所勾起的回忆之中。

她十分细心地这儿挑一个嫩枝，那儿选一个嫩枝，并用小刀把这些嫩枝割下来。她不慌不忙地欣赏着，好像每一朵花都是精美的稀世珍宝一样。

最后，他们回到汽车里，踏上了归途。孩子们“叽叽喳喳”地说个没完，乔治开着车，玛丽则微笑着坐在那儿，周围簇拥着鲜花，眼睛看着远方，似乎在凝神遐想。

离家不到 5 英里了。这时，玛丽突然向丈夫喊道：“停车！就在这儿停车！”乔治戛然刹住了车。他还没有来得及问是怎么回事，她已经跳下车，匆匆忙忙地往附近一个长满野草的山坡上跑去，手里依然捧着那簇丁香花。

原来，山冈上设有一所疗养院。这天春光明媚，所以病人纷纷走出来，有的同亲属们一起散步，有的坐在门廊上。

玛丽跑到了门廊尽头。在那里，一位上了年纪的病人正坐在轮椅上。她孤身一人，耷拉着脑袋，背对着众人。只见鲜花越过门廊栏杆，出现在这位老妇人的膝上。这时她抬起头，笑了。

两个妇女聊了一会儿，两人都由于十分高兴而容光焕发。然后，玛丽转过身，跑回到她家人这边来。

汽车开动了，轮椅上的老妇人招着手，挥动着花束。

“妈妈，”孩子们问道，“她是谁呀？您为什么把我们的花给她呢？她是谁的妈妈？”玛丽说：“我并不认识那位老妇人，可是今天是母亲节，而她又是那么孤单，谁看见花会不高兴呢？再说，我有你们，我还有我的妈妈——虽然她离我很远。那位老奶奶比我更需要这些花。”

词语百宝箱

亭亭玉立　侵袭
不慌不忙　稀世珍宝

孩子们明白了，然而，乔治的心情却不能平静。第二天，他买来 6 株丁香树苗，栽在院子的四周。在那以后，他又陆续栽了许多株。

如今，每年 5 月，他们自己家的院子里都洋溢着丁香花的芳香。每逢母亲节，他们的孩子们都要采集那种紫色的花朵。她年年都会记起挂在那位孤独的老妇人脸上的笑容。而每到这时，她的心里就充满了使那位老妇人欢笑起来的那股柔情。

真情感悟

在母亲节这一重要节日，不管距离有多远，给母亲一声问候，说一句祝福的话，都能让母亲感到欣慰。

黑鱼之爱

密集的乌子把母黑鱼团团围住，上下翻动，像开了的锅，慌乱、无助、恐惧……

五叔这辈子有个怪癖，不吃黑鱼，这是藏在五叔心中多年的结。五叔没有对人说起过，在我们的一再追问下，他道出了事情的原委：

那是几十年前的事了。那时我十来岁，和大多数农村孩子一样，顽劣得很。

一天，我看到屋旁边小河里一群黑乎乎的乌子在缓缓蠕动，足有成百上千条。乌子是我们当地对只有寸把长的黑鱼幼崽的叫法。农村人都知道，在黑乎乎的乌子群的下面，肯定有条母黑鱼潜着，这是母黑鱼带着幼崽出来觅食呢。

我赶紧跑回家，拿来自制的鱼钩。所谓的鱼钩，其实就是一截钢丝被折弯锤扁而成。黑鱼力气大，普通的鱼线不经扯，我就用几股韧性强的尼龙丝搓起来。我又捉了只小青蛙，穿在鱼钩上，青蛙还活着，一蹦一扯地想挣脱。

我对着乌子群放下仍蹦着的青蛙，青蛙下到水里，折腾得更凶了。一群乌子被吓得乱了方寸，四散溃逃，母黑鱼沉得住气，没有动静。青蛙折腾了一阵，不动了，而刚才被吓跑的乌子，见母黑鱼没有动，又慢慢地聚拢回来。

没能钓上母黑鱼，我不甘心，扯着鱼竿对着乌子群左右搅拽，那些乌子吓得到处乱窜，刚刚聚拢起的乌子群再次被赶散。如此几次，母黑鱼终于愤怒了。

词语百宝箱

顽劣　觅食　溃逃

鱼竿突地一沉，几近脱手。我忙拖着鱼竿往岸上跑，拽出水面的是一条足有两三斤重的凶猛黑鱼。我“啪”地把它掼在河坎上，费了好大的劲儿才把这家伙摁住，抱在怀里往回跑的路上，几次被它跳脱在地。

词语百宝箱

黯然　肃然起敬

到家后，见它还不老实，气急之下我拿来菜刀，抡起刀背砸下去，它半个脑袋歪斜了，这下不动弹了。

刮了鳞，扒了肠肚，原来黑不溜秋的母黑鱼，此时已白净得多了。我将它拿到码头去洗，就在刚触水的瞬间，它竟猛地拼力一挣，脱手游走了！它刚被剖开的肚皮还翻着，留下一路弯弯的血痕，踉跄着游走了。

我赶紧上岸去追，只见它越游越慢，逐渐停了下来，正停在刚才它被钓起的地方。此时，失去了妈妈的一群乌子像没头苍蝇似的乱钻，见母黑鱼游回来，“呼”地纷纷围聚过来，越聚越多。那些乌子有的已钻进了母黑鱼翻卷起的肚子里，搅出了血水。密集的乌子把母黑鱼团团围住，上下翻动，像开了的锅，慌乱、无助、恐惧……母黑鱼此时尾巴摆得越来越无力，缓缓地游转了几圈后，浮了起来，露出翻开了的白净的肚子，成群的乌子团团围住母黑鱼，久久不散……

五叔终究没拿回那条两三斤重的母黑鱼。事隔几十年，讲起这些时，五叔仍神情黯然。从那时起，他家就再也不吃黑鱼了。

我回去把这件事讲给母亲听，母亲叹了一口气，告诉我，母黑鱼在保护自己的鱼卵时，什么东西也不肯吃，生怕自己的儿女在它吃食的短暂瞬间遭到天敌的侵害。等到儿女们从卵变成乌子后，它的眼睛也快饿瞎了……

我惊呆了，对这自然界的生灵肃然起敬。

真情感悟

我们对自然界生灵肃然起敬的同时，还应该有感动、有同情、有思考。它们为了自己的孩子，为了一种爱，宁愿付出生命。

耳朵的秘密

终于有一天，父亲对儿子说道："孩子，已经找到了一个人，她愿意为你捐献耳朵，只是她要我们为她保密。"

"我能看看我的孩子吗？"同天下所有的母亲一样，这个刚成为母亲的女人急切地问道。刚刚经历的巨大阵痛已经消失得无影无踪，她一脸的灿烂神情。于是，护士小姐把襁褓递给了这位幸福的母亲，她自己却迅速地转过身，朝窗外看去。抱着自己的小天使，母亲的心都融化了。多美啊！粉嫩的小脸、软软的头发，母亲迫不及待但又小心翼翼地解开了襁褓。一下子，她惊呆了！这么完美的小脸上居然没有耳朵！"耳朵在哪儿？我儿子的耳朵在哪儿？"她不敢相信自己的眼睛，"不会的，不会的……我儿子怎么会没有耳朵？"

物换星移，孩子一天天长大了。幸运的是，他的听力没有任何问题；不幸的是，他和别人不一样，他的头部永远贴着一个异样的标签。全家人对此讳莫如深，好在儿子毕竟年幼，不谙世事。但终于有一天，放学回家的儿子，泪流满面地一头扑进了母亲的怀里："妈妈，我再也不上学了……"伤心的泪流在儿子的脸上，却流进了母亲的心里。她知道这一天迟早要到来，但真的到了，还是那么令人难以

词语百宝箱

无影无踪　灿烂
迫不及待　小心翼翼
讳莫如深　不谙世事

接受。经过询问,儿子说出了当天事情的经过。原来,有个高年级的大男孩欺负他。那个男孩毫不留情地骂道:“你滚,滚回家去。你怎么和别人不一样呢?你的耳朵呢?一个怪物……”听着儿子号啕大哭,母亲的心仿佛在流血。“孩子,我们只有接受这个现实。你要坚信,你不比别人差,你和别人一样优秀……”

词语百宝箱

毫不留情　号啕大哭
完美无瑕　天衣无缝
痛彻心扉

也许是对不幸的补偿,除了那一点儿缺陷,儿子几乎是完美无瑕的。他不仅高大英俊,而且在文学艺术上有着常人难以企及的天赋。有一天,父亲专程去拜访了一位资深的医学专家。了解了这位父亲的痛苦后,这位专家同情地说:“只要有人肯为你儿子捐献出耳朵,我就能做到使其看起来天衣无缝。”但谁肯做出这么大的牺牲呢?两年过去了,终于有一天,父亲对儿子说道:“孩子,已经找到了一个人,她愿意为你捐献耳朵,只是她要我们为她保密。”

现在,儿子已是一个成熟的男子汉了。对于现在的他来说,耳朵的缺失已经不再像当年那么重要,但在人生的里程中,那一段自卑的岁月曾是怎样痛彻心扉啊!于是,他坚决地对爸爸说道:“爸爸,我必须要知道是谁为我付出了那么多,我一定要报答他。现在我有这个能力了……”父亲说:“孩子,我相信你能,但根据协议,你现在还不能知道。”

后来有一天,也许对儿子来说,那是最黑暗的一天!他和父亲站在母亲的梳妆台旁。父亲温柔、体贴地揭开了母亲那有点儿花白、几乎从未理过的厚厚的头发。妈妈,妈妈没有了耳朵……

真情感悟

心灵有耳,耳朵就不再是单纯的耳朵。是母亲无私的爱,给了孩子一对敏锐的耳朵,让孩子从此有了一双倾听世上最美旋律的耳朵,这旋律,就是亲情碰撞间产生的“叮咚”作响的佳音。

爱的盛宴

不是跟您吹，我妈做的饭，称得上是世界一流！管够，还唯恐你吃不好！我妈劝起饭来没完没了，弄得我的减肥计划彻底泡汤，可我这心里头啊，却乐着呢！

我过去教过的一个正在读大四的学生放寒假后到学校来看我。我问他："回到家感觉好不好？"他说："感觉最深的一点就是，吃饭不用刷卡！"

我哑然失笑。他却认真地说："真的，老师，说起来有点儿俗，可我感觉最深的确实是这一点。您知道吗？我毕业后打算到欧洲去读研，到那时，想吃妈妈做的饭可就难了。不是跟您吹，我妈做的饭，称得上是世界一流！管够，还唯恐你吃不好！我妈劝起饭来没完没了，弄得我的减肥计划彻底泡汤，可我这心里头啊，却乐着呢！老师，我总记得您讲过的那个吃饺子的故事，一想起那个故事，我就把我妈妈做的饭品出了一种特别的滋味。"

我心头一热，说："难得你还记得它。"

我的确曾给这一届学生讲过一个发生在我朋友身上的真实故事——

朋友在外地工作，长年不回，母亲盼啊盼，终于得到了儿子要在除夕之夜回到故里的喜讯。

那天，在爆竹声中，母亲包好了三鲜馅儿饺子，等着儿子回来后下锅。馅儿是精心调制的，应该正对儿子

词语百宝箱

哑然失笑　彻底
喜讯

的胃口。但是，母亲心里还是有些忐忑，她想预先知道这饺子的咸淡，便先煮了两个来品尝。一尝之下，母亲大惊失色，饺子馅儿里竟然忘了放盐！

> **词语百宝箱**
> 大惊失色
> 千里迢迢

看着两屉已包好的饺子，母亲绝望至极。她知道可以让儿子蘸着酱油吃，她也知道即便蘸着酱油吃，儿子也会欢呼“好吃死了”，可她不愿意让千里迢迢赶回家来的儿子吃到有缺陷的饺子，怎么办？

这个聪慧的母亲，居然从邻居那里讨来了一个注射针盒……调好盐水，开始逐个给饺子“打针”。儿子回到家时，饺子也被注射完毕。

母亲煮好了饺子，让儿子尝尝饺子的味道如何。儿子尝了，连说“好吃”。这时候，母亲得意地举起那个针管给儿子看，向儿子夸耀说她可以将一个缺陷修复得让他察觉不出来。

可是，儿子听着听着就哭了。他在想，这些年，他一个人在外面打拼，也曾吃过很多饺子，那些饺子，咸的咸，淡的淡，他都咽下去了，有谁能像母亲这样在意他的口味？

为了让儿子吃到咸淡适宜的饺子，母亲竟想出了这样巧妙的法子。吃着这交织着母爱与智慧的饺子，哪个孩子能不动容？

我多么欣慰，几年前，我将这样一个暖心的故事植入了孩子们的心田，我本不指望收获什么，甚至以为那些听故事的人很快就会将它淡忘。但是，这个学生居然能把这则故事铭记这么久！

我相信，铭记着这则故事的人会珍惜母亲做的每一顿饭，会在寡淡的饭菜中品出一种难得的真味与厚味。

真情感悟

母爱无疆，母亲的爱就是这样体现在一点一滴的小事当中。我们要品味母爱，铭记母爱。

母亲的谎言

母亲老了，望着被病魔折磨得死去活来的母亲，男孩悲痛欲绝，潸然泪下。母亲却说："孩子，别哭，我不疼。"

儿时，小男孩家很穷，吃饭时，饭常常不够吃，母亲就把自己碗里的饭分给孩子吃。母亲说："孩子们，快吃吧，我不饿！"——母亲撒的第一个谎。

男孩长身体的时候，勤劳的母亲常用周日休息时间去县郊农村河沟里捞些鱼来给孩子们补钙。鱼很好吃，鱼汤也很鲜。孩子们吃鱼的时候，母亲就在一旁啃鱼骨头，用舌头舔鱼骨头上的肉渍。男孩心疼，就把自己碗里的鱼夹到母亲碗里，请母亲吃鱼。母亲不吃，又用筷子把鱼夹回男孩的碗里。母亲说："孩子，快吃吧，我不爱吃鱼！"——母亲撒的第二个谎。

男孩上初中了，为了攒够男孩和哥、姐的学费，当缝纫工的母亲去居委会领了些火柴盒拿回家来，晚上糊了挣点儿钱补贴家用。有个冬天，男孩半夜醒来，看到母亲还躬着身子在油灯下糊火柴盒。男孩说："母亲，睡了吧，明早您还要上班呢。"母亲笑笑，说："孩子，快睡吧，我不困！"——母亲撒的第三个谎。

高考那年，母亲请了假天天站在考点门口为参加高考的男孩助阵。时逢盛夏，烈日当头，固执的母亲在烈日下一站就是几个小时。考试结束的铃声响了，母亲迎上去递过一杯用罐头瓶泡好的浓茶叮嘱孩子喝了，茶亦浓，情更浓。望着母亲干裂的嘴唇和满头的汗珠，男孩将手中的罐头瓶反递过去请母亲喝。母亲说："孩子，快喝吧，我不渴！"——母亲撒的第四个谎。

父亲病逝之后，母亲又当爹又当娘，靠着自己在缝纫社里那点儿微薄收入含辛茹苦拉扯着几个孩子，供他们念书，日子过得苦不堪言。胡同路口电线杆下修表的李叔叔知道后，大事小事就找借口过来搭个帮手，帮忙劈柴、挑水，或送些钱粮来帮补男孩的家里。人非草木，孰能无情，左邻右舍对此看在眼里，记在心里，都劝母亲再嫁，何必苦了自己。然而母亲多年来守身如玉，始终不嫁，别人再劝，母亲也断然不听，母亲说：“我不爱！”——母亲撒的第五个谎。

词语百宝箱	
含辛茹苦	苦不堪言
奄奄一息	悲痛欲绝

男孩和他的哥、姐大学毕业参加工作后，下了岗的母亲就在附近的农贸市场摆了个小摊维持生活。在外地工作的孩子们知道后就常常寄钱回来补贴母亲，母亲坚决不要，并将钱退了回去。母亲说：“我有钱！”——母亲撒的第六个谎。

男孩留校任教两年，后又考取了美国一所名牌大学的博士生，毕业后留在美国一家科研机构工作，待遇相当丰厚。条件好了，身在异国的男孩就想把母亲接来享享清福，却被老人回绝了。母亲说：“我不习惯！”——母亲撒的第七个谎。

晚年，母亲患了胃癌，住进了医院，远在大洋彼岸的男孩乘飞机赶回来时，术后的母亲已是奄奄一息了。母亲老了，望着被病魔折磨得死去活来的母亲，男孩悲痛欲绝，潸然泪下。母亲却说：“孩子，别哭，我不疼。”——母亲撒的第八个谎。

说完，在“谎言”里度过了一生的母亲终于闭上了眼睛。

真情感悟

真正的谎言往往可以把人们抛入痛苦的深渊，而有的时候，善意的谎言却能催生出这个世界上最美丽的花朵。

爱的真谛

孩子，衡量别人时，要用宽容的态度，要明白他走过了多少高山低谷，才能成为这样的人。

一个非洲裔美籍家庭从他们父亲的人寿保险中获得了 1 万美元。母亲认为这笔遗产可以让全家搬离贫民区，住进乡间有花园的房子。聪明的女儿则想利用这笔钱实现去医学院的梦想。

然而大儿子提出了一个要求，他希望获得这笔钱，好让他和朋友们能一起开创事业。他告诉家人，这笔钱可以使他功成名就，并让全家生活好转。他答应只要取得这笔钱，他将补偿多年来贫困给家人带来的痛苦。

母亲虽觉得不妥，却又感到这个要求难以拒绝。她承认儿子从未有过这样的机会，他配获得这笔钱的使用权。于是，母亲把钱交给了儿子。

儿子的“朋友”很快带着钱逃之夭夭。失望的儿子只好把这个坏消息告诉家人。未来的理想已被偷窃，美好生活的梦想也已成为过去。妹妹用各种难听的话讥讽他，用每一个想得出来的字眼来责骂他。她对兄长生出无限的鄙视。

当她骂得差不多时，母亲插嘴说：“我曾教你要爱他。”

词语百宝箱

功成名就　逃之夭夭
鄙视

女儿说："爱他？他已没有可爱之处。"

母亲回答："总有可爱之处，你若不学会这一点，就什么也学不会。你为他掉过泪吗？我不是说为了一家人失去那笔钱而掉泪，而是为他，为他所经历的一切。孩子，你想什么时候最应该去爱人，当他们把事情做好，让人感到舒畅的时候吗？若是那样，你还没有学会去爱，因为那还不到时候。你应当在他们最消沉、不再信任自己、受尽环境折磨的时候去爱他们。孩子，衡量别人时，要用宽容的态度，要明白他走过了多少高山低谷，才能成为这样的人。"

这样的爱是恩典！它如同清澈的溪流般泻下，浇熄愤怒的指责之火。

真情感悟

世界上唯有母爱才是真的、永恒的、不灭的。因你的成功而高兴，因你的失败而垂泪。在困境中给你鼓励的人，永远是母亲。没有无私的、自我牺牲的母爱的帮助，孩子的心灵将是一片荒漠。

特殊的生日聚会

她眼角的皱纹比往日更深，受伤的瘀青显得更重，但朴素的衣着却格外美丽、合体。她此刻目不转睛地看着我，慈祥，爱怜。

今天是我 16 岁的生日，但我并没有感到快乐。本来想邀请几个朋友去唱歌聚餐的，爸爸却偏请了叔叔和阿姨，说要出去庆祝一下。坐在出租车上，看着爸妈笨手笨脚的姿态，我感到难堪，司机肯定一眼就看出他们不常打车了。不少同学家里都有小汽车了，而爸妈仍然骑着老式自行车。

终于到了地方，我一看更加失望了，原本以为爸妈难得兴致高一回，应该去一个豪华的饭店，谁知竟是如此普通的餐馆。同桌过生日的时候，他爸妈带他到五星级饭店吃西餐呢！

餐桌上，四个大人沉闷地谈一些陈年往事，仿佛他们到这里来，不是为了给我过生日，而是为了怀旧。我坐在一边生闷气，一句话也不想说。想象中的生日惊喜一点儿迹象都看不出来，除了那盒貌不惊人的蛋糕，可是它也算得上惊喜吗？它现在暂时搁置在餐馆的窗台上，孤零零的。我想起来了，它是从门前那矮小的零食店里买的，一点儿也不气派。

词语百宝箱

笨手笨脚　难堪　兴致
貌不惊人

吃完饭，打了包，清理干净桌面，蛋糕终于摆上来了，上面用人造奶油松松垮垮地写着四个字“生日快乐”，连我的名字都没有。是不是少写几个字，就能省点儿钱？

词语百宝箱

松松垮垮　朴素

目不转睛

蜡烛被我吹熄后，妈妈小心翼翼地把它们拔出、擦净，用原来的包装盒重新装好，喃喃道：“还能用呢。”天哪，可不要等到明年继续用，我想。爸爸开始切蛋糕。第一块竟然给了阿姨，第二块给了叔叔，第三块才给了我。天！今天到底是不是我生日？

我绷着脸，抓起叉子，准备把蛋糕狠狠吞进肚中。猛然间听见爸爸让我起立，向叔叔和阿姨行礼，我很茫然，不情愿地站起来，两眼斜视，望着墙壁。这时爸爸说，十六年前生我那天，是阿姨送妈妈去的医院。

噢，原来如此，那就行个礼吧。

阿姨慌忙阻拦说：“孩子，你应该给你的母亲行礼。你的母亲身体不好，冒险怀上你实在不是一件容易的事。你要为你的母亲自豪，她很坚强，她让你来到世上。”母亲有些激动，坐不安稳，被桌子碰了一下，露出痛苦的神色。原来，前几天她冒雨骑车上班，不慎跌伤了腿。她眼角的皱纹比往日更深，受伤的瘀青显得更重，但朴素的衣着却格外美丽、合体。她此刻目不转睛地看着我，慈祥，爱怜。

我感到脸颊发烫，鼻子酸酸的，想哭。

我把椅子拉开，使空间增大一些，然后，深深地给妈妈鞠了一个躬，又深深地给爸爸鞠了一个躬。

我攥住拳头，用指甲紧扣手心，暗自决定：今后每逢生日，都要郑重鞠躬，感谢父母，感谢生命，感谢一切帮助过我的人。

真情感悟

在我们人生的点滴记忆中，总有一些难以忘怀的日子和刻骨铭心的激动时刻。当我们来到人世时，那一刻是母亲用坚强的内心和强大的力量延续着我们的生命。我们要学会感恩母亲，感谢她们让我们安全来到这美好的世间。

生命的姿势

在场的人集体惊呼：她用的分明是跳水的姿势——头部向下。

这件真实的事，发生在去年冬天。

那天清晨，城西老街的一栋居民楼突然起火了。那是20世纪40年代修建的砖木结构的老房子——木楼梯、木窗户、木地板，一烧就着。居民们纷纷往外逃，没想到才逃出一半人，木质楼梯就“轰”的一声倒塌了。剩下的九个居民只好跑到唯一没烧起来的三楼楼顶，等着消防队救援。

消防队不一会儿就赶到了，可让他们手足无措的是，这片老巷子太窄、太密，消防车和云梯根本过不去。情势已经十分危急，大火随时可能烧到顶楼。眼见着底层用以支撑整幢楼的粗木柱被烧得“嘎吱嘎吱”响，随时可能倒塌，消防队长来不及想别的，随手拽下一位逃出来的居民披着的旧毛毯，和其他三个消防员一起拉开，对着上面大声喊：“跳！一个一个地往下跳，往毛毯上跳！背部着地！”

为了安全起见，他亲自示范类似背跃式跳高的动作——只有背部着地才是最安全的，而且不容易撞破旧毛毯。

有个男人第一个跳了下来，屁股着地，可没有受伤；一个小孩子跳了下来，背部着地……人们的姿势越来越规

词语百宝箱

手足无措

倒塌

范，顶多是从毛毯上滚下来时有些擦伤。只有一个裹着大衣的女人站在楼顶，犹豫着不敢跳。

火势越来越猛，一根燃烧的柱子忽然“咔嚓”一声断了。人们惊叫了一声，消防队长的喉咙都喊哑了：“跳啊！你赶紧跳啊！”小楼晃荡了一下，女人终于下定决心跨过护栏跳了下来。在场的人集体惊呼：她用的分明是跳水的姿势——头部向下。女人好像一发炮弹一样迅速坠落在毛毯上，由于受力面积太小，旧毛毯“哧”的一声裂开了，女人的头部重重地撞到了地上，顿时鲜血横流。

这个女人真是笨啊，前面的人跳得那么好，看也该看会了。在场的人都这样想着，忍不住奔了过去。奄奄一息的女人在消防队长的怀里艰难地笑了。她的大衣敞开着，大家这才看到她的小腹高高隆起。“已经八个多月了，”女人轻声地说，“赶紧送我去医院，剖腹，他能活……”

这是我亲眼见到的一幕。女人后来被送去了医院。我不知道她后来有没有活下去，可我记得那一刻所有人的沉默和感动。

真情感悟

生死关头，母亲用最美的姿势精心保护着腹中的小生命，为孩子的存活搭起了一座桥梁。

第二章

沉默的背后，父爱一直都在

父亲
是一座伟岸的大山
拥有厚实的胸怀
深沉的力量

父亲
是一棵兀立荒原的大树
顽强地哼唱着
岁月的颂歌

爸爸的爱

爸爸的嘴动了动，想说什么，但最终没有说就转身走了。望着爸爸微驼的身影，猛然间，我懂了许多许多……

记得小时候，我好爱好爱爸爸，常常寸步不离地跟在他身后，家里人都说我是爸爸的“小尾巴”。

爸爸也好爱好爱我，常常把我抱起来亲了又亲，用胡子扎得我直叫唤。

6岁时，我在外婆家住了一年，一年没见爸爸，心中有说不出的想念。

我永远忘不了那天突然与爸爸见面时的情景：当爸爸站在门口时，我惊呆了，欢喜得不知所措。外婆在一旁说:“天天想爸爸，爸爸来了，还愣着干什么？”我这才回过神来，一下子扑向爸爸，又蹦又跳，又叫又笑。可爸爸抱起我时，我却趴在爸爸的肩上哭了。哦，爸爸的肩膀多么宽厚、温暖，爸爸的爱是多么温馨、甜蜜啊！

我在爸爸的爱中长大了。

如今，我已成为一名中学生。仿佛无法避免似的，我与爸爸之间出现了隔阂。

父女之间不再有共同的话题、欢乐的笑声，取而代之的是爸爸的催促：“晶晶，快去看书。

词语百宝箱

不知所措　又蹦又跳
温馨　隔阂　取而代之

抓紧时间多做些题吧！”无奈，我只好去应付那些没完没了的作业、习题、试卷，小时候那种甜蜜的感觉已荡然无存。

词语百宝箱

荡然无存　寻觅

我真希望自己每次测验都取得令爸爸满意的成绩。因为只有这样，我才有理由在爸爸面前撒撒娇、说说笑话，而一旦没考好，我最怕的就是面对爸爸严厉的面孔、冰冷的话语。每到这时，我的心就冷到了极点。

从前那个幽默、慈祥、亲切的爸爸呢？会抱我、亲我，用胡子扎我的爸爸呢？现在的爸爸难道只爱分数不爱我了吗？我一次又一次痛苦地问自己，一天又一天地寻觅爸爸的爱……

夜深了，我正在订正试卷，脑海中不断浮现爸爸刚才教训我的情景，泪水几次差点儿涌出眼眶。爸爸进来了，默默地把一杯麦乳精放在我面前。

我抬起头望着爸爸：爸爸老了，岁月染白了双鬓，皱纹爬上了眼角。他正默默地望着我，目光里充满了爱怜、无奈与关怀。爸爸的嘴动了动，想说什么，但最终没有说就转身走了。望着爸爸微驼的身影，猛然间，我懂了许多许多……

哦，爸爸的爱，深沉的爱！

真情感悟

父爱是父亲宽厚的肩膀，当你精疲力竭的时候，它会让你牢牢地依靠。父爱是父亲眼中的那份严厉和慈祥，它蕴含着责备、赞赏和教诲。

爱的感觉

她从小到大都听他说："你到哪里去？什么时候回家？自行车有没有气？……不，不准去。"爸爸好像完全不知道怎样表达爱。

丽达觉得爸爸不懂得怎样表达爱。使他们一家人融洽相处的是妈妈，爸爸只是每天上班、下班，而妈妈把丽达做过的错事开列清单，然后由他来教育她。

有一次，丽达偷了一块糖果，爸爸要她把糖果送回去，并向卖糖的人道歉，但妈妈却明白她只是个孩子。丽达在运动场打秋千跌断了腿，在前往医院的途中一直抱着她的是妈妈。爸爸把汽车停在急诊室门口，他们叫他驶开，说那空位是留给紧急车辆停放的。爸爸听了便叫嚷道："你以为这是什么车？旅游车？"

在丽达的生日会上，爸爸总是显得有点儿不大相称。他只是忙于吹气球，布置餐桌，做杂务。把插着蜡烛的蛋糕推过来让她吹的，是妈妈。丽达翻阅相册时，同学总是问："你爸爸是什么样子的？"天晓得！他老是忙着替别人拍照。她和妈妈笑容可掬地一起拍的照片，多得不可胜数。

丽达还记得有一次妈妈叫爸爸教她骑自行车。她叫爸爸别放手，但他却说是该放手的时候了。她摔倒之后，妈妈跑过来扶她，爸爸却挥手要妈妈走开。丽达当时生气

词语百宝箱

融洽　相称
笑容可掬

极了，决心要给他点儿颜色看。于是，她马上再爬上自行车，而且自己骑给他看，他只是微笑。丽达念大学时，所有的家信都是妈妈写的。每次她打电话回家，爸爸似乎都想跟她说话，但结果总是说："我叫你妈来听。"

丽达结婚时，掉眼泪的是妈妈。爸爸只是大声擤了一下鼻子，便走出房间。她从小到大都听他说："你到哪里去？什么时候回家？自行车有没有气？……不，不准去。"爸爸好像完全不知道怎样表达爱。

丽达生下第一个孩子以后忽然想道："会不会是爸爸已经表达了爱，而我却未能察觉呢？"

真情感悟

家庭中的亲情是最值得珍惜和体味的。在很多时候，父母对子女的爱，并不是体现得很夸张而是很含蓄，所以需要用心去感受，你才能体会到父母的心和他们对自己的爱。

尝出父爱的味道

你爸常挂在嘴边的一句话——人老了，不能为子女做些什么，而子女对我们这么孝顺，我唯有用这树上的梨，让他们甜甜心……

父亲打来几次电话，催我回家，说是院里梨树上的梨熟了，让我摘点儿带回城里吃。其实，要不是父亲的腿跌伤了，他早进城送梨了。听父亲在电话中这样说，我总是支吾着答他，说等休息再抽空回家，可心里却想，特意回家摘梨，就像城里没有梨似的。

词语百宝箱

埋怨
大街小巷

谁知，中秋节的前一天，父亲突然瘸着腿出现在家门口，还背着一只蛇皮袋。我连忙接过蛇皮袋，挺沉。父亲跟进屋来，提醒说："袋里放的是梨，轻点儿放，别碰坏了。"一听父亲是进城送梨的，我没好气地埋怨起来："爸，你大老远送梨来干吗？至少在进城前打个电话，好让我去车站接你呀。"父亲遭我一番埋怨，愣住了，良久才说："你……你们忙，没时间回家摘梨，我又不能看着梨长在树上坏掉呀。再说，中秋节也该用梨敬月呀。"父亲涨红了脸，表示自己进城只是来送梨的。

妻子回来了，一听说父亲特意进城送梨，和我是同样的心情。她刚要说上几句，被我使眼色阻止了。不过，她还是冷冷地撂下一句："爸，你以后再这样做，我们就不管你了。知道吗？城里的大街小巷到处都有卖梨的，才 3 角钱一斤。"

父亲被妻子呛得没了言语，仿佛自己做错了事。

或许因为我们的话伤害了父亲，中午饭他吃得很少。我想留父亲住下，可他还是犟着走了。

回到家中，我看到餐桌上一只只青翠的梨，便拿起一只，连皮也没削，一口咬下去，一股甘泉直涌心田。

几天后，我和妻子回家看望父母，其实是带着一种愧疚感特意看望父亲的。到家时，父亲去了屋后的田里，只有母亲在。母亲沏好茶后，我悄声地说起父亲送梨的事，又顺带怪母亲怎么让父亲一人背那么重的梨进城。

母亲听后，重重地叹了一口气，说："今年的梨树呀，你父亲可费了神了。他从天气预报里听说今年雨水多，一开春，就请人在梨树周围竖了四根竹篙。待梨树挂果，再逢雨天，他总是扯上塑料布替树遮雨，说是这样长熟的梨，依然保持原汁原味。他呀，把这棵梨树当作自己的命根子，有虫也不喷药，宁愿自己站在凳子上，踮着脚捉虫。施肥也是农家肥，说这样的梨才算是绿色食品。你爸常挂在嘴边的一句话——人老了，不能为子女做些什么，而子女对我们这么孝顺，我唯有用这树上的梨，让他们甜甜心……"

我再也坐不住了，眼中早已湿热起来。走到院中，见那梨树的旁边，依然静立着竹篙。

真情感悟

又脆又甜的梨是父亲精心培育出来的，咬一口甜梨，沁人的汁水流入心间，那是亲情的滋润，更是爱的滋润，让人享用不尽。

我的农民父亲

不要紧，先到处借借。不就是四年吗？我用六年时间，六年不行十年，赶我死之前咋也能把它还清。

虽然我是家里唯一的女孩，然而父亲好像从来没有对我显出特别的喜欢来。等到我上了初中，看到别人的父亲殷殷地关怀女儿，心里便有了比较，认为我这只知道春耕秋收的农民父亲不懂得什么叫“爱”。

小学和初中在父亲的不在意间过去了，上学和放学就像他出工和收工一样，只是顺其自然的事。他不关心我的学习亦如我不关心他的收成，学习和收成原本就没有太大的联系。

可是，我考上了县一中，这就意味着父亲的大半年收成都得被我一个人吃掉。母亲望着已不年轻的父亲幽幽地说：“要不，别让妮子上了？”

父亲脸上刀刻似的皱纹突然生动地一跳：“哪能！儿子娶媳妇花钱比妮子上学花钱多多了，咱们不能太偏心。”

就为这一句话，我第一次被感动了。

在一个骄阳似火的夏日，父亲一头挑着我的行李，一头挑着一筐桃子送我去上学。跟在父亲身后，望着颤悠悠的扁担和父亲那被扁担磨出老茧的双肩，我又一次

词语百宝箱

顺其自然　意味
骄阳似火

被感动了。我在心里默默发誓：不学出个样子来，无颜面对父亲。等翻过两座山，骄阳更加炽烈，我找到一块小树荫劝父亲休息一会儿。我随手抓起两个桃子，还不及放到嘴里，便被父亲劈手夺去，他瞪我一眼说："这是卖的，有你吃的。"

说着他从兜里掏出几个歪裂的小桃子，在衣服上蹭了蹭递给我："这不一样能吃吗？"停了停又说，"住校可不比家里，动不动就得花钱，饭可以吃差点儿，但一定得吃饱。星期天不要往回跑，家里也不指着你干活儿，钱和干粮我会给你送去的。"

接着他自个儿笑了："没想到俺妮子还挺聪明，比你两个哥哥强多了。我寻思着把桃园好好侍弄侍弄，兴许能挣几个钱，你要有本事啊，考个大学让爹光荣光荣。"这是父亲对我说得最多的一次，看得出他心里非常高兴。

到了学校门口，父亲让我一个人进去，他则去卖那筐桃子。等到报到完去城里找他时，父亲已经走了。

我想，他肯定是饿着肚子走的，翻山越岭，还得走 20 里路啊！

三年高中，我真的很少回家。父亲总是隔三岔五地给我送干粮和桃子，当然都是些歪七裂八卖不出去的小桃子。冬天天短，父亲每次来得起大早，见到我的时候，往往胡须上都结了一层白霜，掏出母亲烙的白面饼，硬邦邦的全是冰凌碴儿。中午，我们爷俩把饼泡在开水里，就着父亲带来的咸菜，吃得有滋有味。夏日，父亲捎带着桃到城里卖，20 里的山路把父亲的脸庞晒成了酱紫色。赶到学校已近中午，我把早已凉好的白开水递过去，父亲一口气就喝一大缸子。父亲向来都是当天来当天走，三年里，他走了他原来几十年都未曾走过的路程。我对父亲的情和爱也在这三年里变得深沉。

三年后，我由县城读到了省城，甭说父亲的大半年收成，就是他的全部收成也难以应付我的高额学费了。父亲说："不要紧，先到处借借。不就是四年吗？我用六年时间，六年不行十年，赶我死之前咋也能把它还清。"

我无言，我只是在心里对父亲说："我绝不会让您用六年、十年时间去还债，您就等着我慢慢地还您的债吧。"

也和三年前一样，父亲挑着扁担送我去上学，不同的是这天不是骄阳似火，而是淫雨霏霏。火车上父亲递给我的桃子又红又大，我倒有些不习惯，怪他过于奢侈。“你都成大学生了，吃个好桃子，配！”父亲这样说，并且不停地催促我快吃。我双手捧着桃子，一口一口咽下去的却是父亲的心啊！

> **词语百宝箱**
>
> 淫雨霏霏　骤然　颠簸
> 铁石心肠　异口同声

安排好住宿已经很晚了，我要送父亲到学校的招待所住下，他说什么也要自己去。他说他怕我回来找不到自己的宿舍，我知道，那样父亲一夜都不会安心，所以只好随他去了。

下过雨后，气温骤然下降了许多，再加上一天的颠簸，我实在是太累了，躺在床上不一会儿就进入了甜蜜的梦乡。突然，辅导员刘老师把我叫醒，她说，我父亲为了省 15 元的住宿费，竟然睡在外面的水泥乒乓球台上。此刻，即使是铁石心肠的人也会被感动。我扑过去，抱住他，哭着求他：“为了我，父亲，请您爱惜自己。”宿舍的七姐妹齐刷刷地站在身后，哽咽着说：“就住在我们宿舍，我们可以两个人睡一张床。”

“可是你们是女生宿舍呀！”

刘老师还很年轻，和其他人一样，眼里已经含满了泪水。

“那又怕什么，他是父亲。”大家异口同声地说。

是啊！他是父亲，他是勤劳又朴实的农民父亲。

真情感悟

善良朴实的父亲，为了儿女甘愿受累一生，无怨无悔。这样暖人的亲情，最让人感动和不舍，并让人愿意为之奋斗一生。

要用心感受父爱

父亲笑笑，说："那他会恨你。"我说："那不要紧，只要儿子学好、成才，就由他恨去吧。"

我从小在父亲的棍棒下长大。从 14 岁那年的某一天开始，父亲就再也没有打过我了。

因为，那一次父亲的一顿暴打，让我手臂鲜血直流，我愤然离家出走了一天。第二天，我又累又饿，特想回家，就设计了一个巧合，故意让母亲找到了我。之后，整整八年我没有再跟父亲说过一句话。

我记不清挨了多少次打，反正，打过了还是老样子，想玩儿就玩儿，哥们儿一叫就结帮打架，被老师赶出教室就整天在街上混。这些事情总是很快就败露了，所以我总挨打。有时也不会被打，父亲用要我吃肉这种独特的方式惩罚我。

虽说那时吃肉的时候并不多，但我一吃肉就条件反射似的呕吐，因此父母怀疑我那超瘦型的身材与我长期只吃青菜有关。

犯了事，要是家里有肉的话，父亲就跟我谈条件，用三块肉换一棍子，不许吐，我装作不同意，每吃一块就努力地扮演很痛苦的表情。父亲就说："那就一块肉换一棍子吧。"我依然表情痛苦无奈地同意了。其实后来我吃肉已经不反胃了，甚至觉得还有几分可口，但仍然装出很痛苦的表情，让父亲不挥舞棍子也得到惩罚我的快感，让他以为达到了教育我，又补充了我的身体营养这一无比高明的目的。

不跟父亲说话之后，他不再管我，也不打我，也不理我吃不吃肉。这时，我故意在吃饭时老夹肉吃，大口地嚼，“吧唧、吧唧”的，装作吃得很香的样子气他。

我用眼角余光偷看他的反应，开始他很吃惊，接着就面无表情，专心吃他的饭，我知道他也在装，心里肯定气得要命。

后来他常常三更半夜出去，天大亮才回来，回来时手里提着一点儿肉，让母亲做汤给我喝——原来他大半夜都在食品站排队买肉，可我依然没跟他说话。

我 15 岁那年考大学，没考上像样的学校，在家门口上的学，令他这个名牌大学的毕业生感到很丢人。

我们之间依然在冷战。19 岁我大学毕业工作了，虽说我们厂有三千多人，只有包括我在内的三个大学生，但我还是混，整天打麻将、下围棋，不思上进。父亲还是冷着脸，我们依然不说话。

21 岁时，我混厌了，也觉得这样下去不是个事，于是就背英语单词考研。家里不声不响地多了几本大部头的英文词典。我知道是父亲所为，我想对他表示一下感谢，却无从开口。考研一举成功，而且是北京的一所名校。

父母都很高兴，母亲买了好酒做了好菜，父亲吃了、喝了，我也吃了、喝了，两人也不交谈，都只跟我妈说话，也不说我考研的事。

那天准备去火车站，母亲给我收拾的大包小包在地上搁着，父亲扛起就走，我只得一路小跑跟着。他上了公共汽车，我也跟着上，他买了我们俩人的票；他下来，我也跟着下，依然没有一句话。我看着他扛着行李的高大背影，竟有几分佝偻——我才想起来，他已经五十多岁了。

在月台上，父亲放下行李，头扭在一边，眼睛看着别处，挺专心的样子。我看着他，等他回头看我时，我就叫他爸，可他把头扭了过去。我发现他的两鬓居然斑白了——我不知道自己有多久没有认真看过他一眼了。

想想自己的忤逆，心里产生一种内疚的感觉，有一种咸咸的东西涌出眼眶，我艰难地说了声：“爸，您回去吧。”父亲没有反应，没扭过头来。

> **词语百宝箱**
>
> 古今中外　无所不谈
> 细枝末节　津津乐道

站台上人很多，很嘈杂，我怀疑父亲没有听见。我又说了句：“爸，您回去吧。”他扭过头，看着我，那是我们八年来第一次对视，我分明看到他眼眶湿了。他点点头，两颗泪珠掉在他那厚厚的镜片上。他伸手拍拍我的肩膀，没说一句话，依然站着不动。我们就这样站着，没有再说一句话，一直到我上车，他从车窗外给我递完行李，还站着。我的泪止不住地往下滴，他的眼眶也一直湿着。火车开了，他还站着，一直到我看不见他。

那次，他拍我的肩膀，是八年来我们第一次亲密接触。

现在父亲已经七十多岁了，腿脚也不灵便了，但话多，比以前任何时候都多。我回家时，我们父子俩有说不完的话，天南海北，古今中外，家长里短，无所不谈。而我成长中的许多细枝末节，更是他津津乐道的事。

那一天，他感慨地说：“那时我老打你，真不对，简单粗暴，教育方法有问题。”我说：“是我不学好，打还是该打的。要是黑子（我儿子小名）像我小时那样不长进，我会比你打得还凶。”父亲笑笑，说：“那他会恨你。”我说：“那不要紧，只要儿子学好、成才，就由他恨去吧。”

我母亲在一边欣慰地笑。而6岁的黑子在一旁噘嘴：“哼，打我？你敢！我到法院告你去！”

真情感悟

父爱无声，它用心、用手、用行动来表达！也许有很多人在年幼时根本感受不到父爱，觉得父亲并不爱自己，其实是你没懂，没有用心去体会。

父爱的力量

“够了！”一位坐在首席的老医生，须发俱白，皱纹里满是人生的智慧，此刻他一声大喝，然后一字一顿地说，“这个奇迹的名字，叫父亲。”

原来世界上有一种可以感动死神的爱，那就是父爱。

1948 年，在一艘横渡大西洋的船上，有一位父亲带着他的小女儿去和在美国的妻子会合。

一天早上，父亲正在舱里用腰刀削苹果，船突然剧烈地摇晃起来，父亲不慎摔倒，刀子扎在了他的胸口。父亲全身都在颤抖，嘴唇瞬间乌青。

6 岁的女儿被父亲瞬间的变化吓坏了，尖叫着扑过来想要扶他，父亲却微笑着推开女儿的手 :“没事，只是摔了一跤。”然后轻轻地拾起刀子，慢慢地爬起来，趁人不注意时用大拇指揩去了刀锋上的血迹。

之后三天，父亲照常每晚为女儿唱摇篮曲，清晨替她系好美丽的蝴蝶结，带她去看蔚蓝的大海。仿佛一切如常，小女孩并未注意到父亲脸色越来越衰弱、苍白，他远眺海平线的目光是那样忧伤。

抵达的前夜，父亲来到女儿身边，对女儿说：“明天见到妈妈的时候，请告诉妈妈，我爱她。”

女儿不解地问 :“可是明天就要见到她了，你

词语百宝箱

蔚蓝　远眺　忧伤

为什么不自己告诉她呢？”

他笑了，俯身在女儿额上留下一个深深的吻。

船到纽约港了，女儿一眼便在熙熙攘攘的人群里认出母亲，她喊道：“妈妈！妈妈！”就在这时，周围忽然一片惊呼，女儿一回头，看见父亲已经仰面倒下，胸口血如井喷……

词语百宝箱

熙熙攘攘　罕见

尸解的结果让所有人惊呆了：那把刀无比精准地洞穿了他的心脏，而他却多活了三天，而且不被任何人察觉。唯一可能的解释是因为创口太小，使得被切断的心肌依原样贴在一起，维持了三天的供血。

这是医学史上罕见的奇迹。医学会议上，有人说要称它为大西洋的奇迹，有人建议以死者的名字命名，还有人说要叫大神奇……

“够了！”一位坐在首席的老医生，须发俱白，皱纹里满是人生的智慧，此刻他一声大喝，然后一字一顿地说，“这个奇迹的名字，叫父亲。”

真情感悟

故事中的父亲创造了三天的生命奇迹，连医学界都惊叹的奇迹，唯一的解释只能是父爱的力量。爱孩子，为了孩子，每一位父亲都会那样义无反顾！

内　疚

我只记得我年幼时的无知，或者我并不是真的需要那个馒头。然而我的爸爸，他却为了一次不能满足他儿子的愿望，而内疚了十五年！

爸爸在离家二十多里的山里做石匠，早晨骑自行车走，晚上骑自行车回来。两个馒头是他的午饭。

爸爸的工作是每天把大锤挥动几千下，两个馒头，是维持他继续挥动大锤的保证。

那时，家里平时还吃不起白面，窝头是日常的主食。因此，年幼的我，对爸爸的馒头产生了觊觎之心。

现在回想起来，我仍然为自己年幼时的无知感到羞愧。为了吃到一个馒头，我每天傍晚总是会跑到村口去迎接爸爸。见到爸爸的身影时，我就会高声叫着冲上前去。这时，爸爸就会微笑着从他的挎包里掏出一个馒头——那本是他午饭的一半。

馒头虽然并不是特别可口，但仍然能够满足我的食欲。

这样的生活持续了两年，我不敢对妈妈说，爸爸也从未把这件事告诉妈妈。所以，妈妈仍然每天天不亮就做两个馒头，而那其中一个是我的零食。

词语百宝箱

觊觎　羞愧
食欲

后来，家里可以顿顿吃上白面了，我逐渐对那个馒头失去了兴趣。

长大后，我一直觉得对不住爸爸。因为那不是爸爸的零食，那是他的午饭。爸爸为了我的馋嘴，竟然在很长一段时间里没有吃饱过午饭！这样的反思经常揪着我的心，我觉得我可能一生都报答不了爸爸。

大学毕业后的一个假期，偶尔与爸爸谈及此事，爸爸却给我讲述了另一段心酸的往事。

他说，那时候其实他在工地上也会吃饱饭的，只是需要再买一个硬窝窝头而已。

可是，有那么一天，他为了多干点活儿，错过了吃饭的时间，已经买不到窝窝头。后来他饿极了，就吃掉了那个本就属于他的另一个馒头。后来在村口，我照例去迎接他。看到我渴望的目光，爸爸搓着自己的双手，感到很内疚——因为他无法满足我想吃馒头的愿望！

回忆到这里，他说："我为什么要吃掉那个馒头呢？其实我可以坚持到回家的，我记得那时你很失望，当时，我差点儿落泪。为这事，我内疚了十五年……"

其实，这件事我早忘了，或许当时我真的很失望，但我确实忘了。我只记得我年幼时的无知，或者我并不是真的需要那个馒头。然而我的爸爸，他却为了一次不能满足他儿子的愿望，而内疚了十五年！

真情感悟

父母对儿女的爱是完全的、无条件的，儿女不要把这种爱看成是理所当然的，更不能向父母无限制地索求。

父爱无边

女孩的父亲怕女孩还是坚持坐下陪自己喝茶而耽误上班，他便一直默默地守候在女儿的屋后，丝毫没有上楼打扰女儿的意思……

一个南方女孩曾对我讲过这么一件事。

女孩每天早晨上班时，都要去父亲的住处，并且坐下来陪父亲喝一杯茶。女孩的父亲每天都要做好早点等着女儿，因为他不想让女儿不吃早餐就去上班。

一个下雨的早晨，外面刮着冷风，女孩因为前一天晚上闹钟忘了定时而睡过了头。来不及去看望父亲，女孩便给父亲打了一个电话，并做了解释。

“你真的不来了吗？”话筒里传来父亲关切的声音，话音里包含着一种明显的失望。女孩便向父亲保证：“爸爸，我明天一定去看您，真的。”

说完，女孩便骑上车去上班了。车刚出家门拐过弯，绕到房后时，女孩却发现冰冷的雨中站着自己孤零零的父亲，他手里提着一只装着早点的方便袋，如一座爱的丰碑般耸立在那里。原来女孩的父亲为了让女孩能够吃上早点，一接完电话便赶了

词语百宝箱

看望　关切
明显　耸立

过来。更令人感动的是，女孩的父亲怕女孩还是坚持坐下陪自己喝茶而耽误上班，他便一直默默地守候在女儿的屋后，丝毫没有上楼打扰女儿的意思……

女孩讲述到这儿，眼睛明显地湿润了，并且闪烁着一种称作爱的亮光。

真情感悟

爸爸对我们的爱是大海，浩瀚无边，而我们对爸爸的爱至多也只能算得上是条透明的小溪，与大海的浩瀚相比，根本微不足道。

药里有种成分叫父爱

父亲的脸上、身上到处都被划出一道道深深的血印，被摔伤的左手红肿得像个刚出锅的包子，胖乎乎的，却死死攥着一些采来的金银花。

听母亲说，我从小体质就弱，稍微受点儿凉就会发烧，而一发烧，喉咙便开始肿大，直至不能进食。

就这样，背着我上医院打青霉素便成了父亲每天做农活前要做的第一件事。

由于长期使用青霉素，我的体内逐渐对其产生了抗体，以致后来发烧时，医生用药的剂量由五六针增加到二三十针。

医生还告诉父亲，我的这种病是从母体带来的一股热毒所致，根本没法儿根治。

但父亲从来就不相信。为了治好我的病，没多少文化的他竟买了一些中医药方面的书籍自个儿研究起来。他对母亲说："既然医生说孩子身上带了一股热毒，我们就挖一些清热解毒的草药去一去孩子身上的火气。"

在我的记忆中，那段日子父亲刚忙完农活，就又扛着锄头到离家十多公里的公子山去挖草药。

听父亲说药性好的草药一般都长在深山里，有时为了寻找到书里所描述的药，他必须先砍掉一大片荆棘。

词语百宝箱

逐渐　荆棘

有一次，到了晚上 9 点钟，父亲依然没有回家，六神无主的母亲便拉着我们兄妹几个点着火把去寻找父亲。

词语百宝箱

凝固　消瘦
精诚所至

当我们来到公子山的半山腰时，父亲听到了我们的呼喊。原来，父亲为了去采一些悬崖边上的金银花，一不小心踏空了，从一棵松树上摔了下去。

父亲当时呼救了好几次，却没有一个人听到。

当一家人把父亲拉上悬崖时，父亲的脸上、身上到处都被划出一道道深深的血印，被摔伤的左手红肿得像个刚出锅的包子，胖乎乎的，却死死攥着一些采来的金银花。

看到全家人，一天未进食的父亲笑了："我还以为要在这个悬崖脚下待上两三天呢！"父亲一笑，脸上那些刚刚凝固的血痂又溢出了几滴鲜红的血液，顺着脸往下流。回家的路上，除了父亲，全家人都是边走边哽咽。

父亲摔伤的左手，半个月后才渐渐消肿、痊愈，但就在这期间，父亲还坚持去公子山挖草药。很快，父亲从山上挖回的树根和采回的树藤，摆满了家里的整个后院。

看到这些根根草草，母亲很是担心，生怕父亲挖回来的药，不仅治不好我的病，还会把我的身体毒坏。父亲也有同样的担心，于是一服药熬好后第一个喝的总是没病的父亲；他喝下去如果没事，第二天才会让我喝。

一次，父亲在喝完一种新药后上吐下泻，吐得两个眼圈直凹陷下去，没过几天整个人都消瘦了一大圈。心疼的母亲把父亲的药罐子藏了起来，再也不让父亲去研制草药了："你这样，不仅孩子的病没有治好，还把自己的身体搞垮了，以后一家人怎么活呀？"

固执的父亲却并没有因此而选择放弃，等母亲出去做农活了，他又开始用家里的饭锅煮他的草药。精诚所至，后来我一犯病，竟然真的不用打针了，只要喝了父亲熬制的中草药，就会奇迹般地慢慢好起来。慢慢地，父亲的药也变成了我们当地的一种秘方，不仅可以治好我从母体内带来的热毒，还可以医治其他孩子因火气引发的一些疾病。

词语百宝箱

迷迷糊糊
情不自禁
用心良苦

就这样，父亲的草药一直伴随着我成长，直到我后来到离家几百里外的城市求学，才离开了父亲的药罐子。

在学校里，我发烧时只能往学校的医务室跑。一次，我因发烧引起扁桃体发炎，咽喉痛得无法吃进一点儿东西，在医务室打了整整一个星期的点滴也不见好转，吓得班主任连忙给父亲打电话。

第二天凌晨两点多，迷迷糊糊的我突然听到外面有人敲门，宿舍里的同学打开门，我看到的是被雨淋透的父亲给我送药来了。父亲是连夜乘火车于凌晨 1 点到达学校所在的城市的，此时公共汽车也停开了，父亲就一个人提着一袋药，匆匆走了二十多里的夜路来到学校。

由于是深更半夜，宿舍没有热水，父亲给我喝完药以后就上床睡觉了。不知是我身体烧得发烫，还是父亲一路上吹着冷风，我只觉得那双瘦小的脚一阵冰凉，当我把他两只脚掖在腋下的时候，两滴眼泪情不自禁地流了下来。

第二天，父亲又得赶回家，在上车前父亲乐呵呵地告诉我，现在他的药加了一种保鲜剂，熬好了用可乐瓶子装着放一个月都没事！

看着父亲的笑脸，我陷入了沉思。我想："父亲配制的草药之所以能让我药到病除，里面除了有父亲用心良苦寻找的各种药材以外，还有一种特别的成分，那就是——父亲对我深深的爱！"

真情感悟

有时父爱也像母爱一样细腻，体现在生活的点点滴滴中，温暖着、感动着我们的心！

泣血的父爱

我越说越气，随手从墙上撕下几张奖状，边数落父亲边撕得粉碎。这时，我发现父亲的眼里蓄满了泪水……

父亲大半生没得过什么荣誉，没有做过一件值得大家夸耀的事，也没有一段让儿女们值得骄傲的精彩片段。从小到大，我和弟弟、妹妹都有意无意地冷落着父亲，有时候，我们甚至对父亲充满了轻视。

父亲的“窝囊”在村里是出了名的。他不善言辞、老实巴交、胆小怕事，遇到困难就爱流泪。小时候，我是个非常顽劣的孩子，天天逃学，从没有一天静下心来学习过。每到年终，父亲总是抄着手站在家门口，眼巴巴地望着邻家的孩子捧回一张张“三好学生”的奖状，而我总是低着头，两手空空地回家。为此，父亲很是失望。上四年级的时候，有一次年终考试，我的数学考了个“大鸭蛋”，语文也不及格。班主任老师害怕我拖了班里的后腿，劝我留级；学校勒令我不用去上学了，让家人前来办理转学手续。当我将这个消息告诉父亲时，没有一点儿思想准备的他顿时惊呆了，继而蹲在地上“吧嗒、吧嗒”地抽起了旱烟。

词语百宝箱

荣誉　夸耀　冷落
不善言辞　老实巴交

第二天，父亲提着一篮子鸡蛋领着我来到校长家里，任凭父亲磨破嘴唇，校长还是坚持让我转学，“这孩子学习太差，跟不上。”校长有点儿不耐烦了，劝我们回去。这时，令我终生为父亲感到屈辱的一幕出现了：父亲突然“扑通”一声跪下，流着泪说：“校长，您就看在我这张老脸的份儿上，将我这娃留下吧！如果下学期他拿不到‘三好学生’奖状，您再开除他行吗？”

父亲这一“壮举”虽然使我免遭转学的厄运，但那时的我却认为父亲给家人丢尽了脸。父亲下跪的事很快就像长了翅膀，传遍整个校园，我成了大家嘲笑的“跪读生”，那一段时间我发了疯似的学习。但年少的我不感激父亲，认为父亲是个“窝囊”透顶的人。

第二年，当我把平生获得的第一张“三好学生”奖状交给父亲时，他竟像喝醉了酒似的，在那两间简陋的、巴掌大的小草房里转来转去，对母亲不停地唠叨着：“贴在哪里好呢？”最后，父亲决定贴在他炕头的墙上。父亲用图钉摁好后，反复摸着我的头问：“山子，什么日子你的奖状能把这面墙贴满呢？”

之后的岁月里，我每年都能带回几张“三好学生”“优秀团员”之类的奖状，父亲总会庄重地把它们按时间顺序一一贴好。土墙上的奖状，成了那两间穷得连一张年画都没有的小草房里唯一的一道风景。每逢家里来了客人，父亲总是把人领到那面土墙前“参观”，并摇头晃脑地拖着长腔给人家念上几张。有时还拿到村上去，向人家炫耀。看到父亲的这些“表演”，我心里感到滑稽可笑。

高一那年，我在全县语文竞赛中获得了一等奖，当我无意中将奖状交给父亲时，一向不善言辞的父亲竟像着了魔一样疯疯癫癫地跑到街上，到处吹牛：“我儿子考了全县第一名，将来绝对能考上大学。”“别吹牛了，难道你忘了为儿子下跪的事？”有人趁机揭父亲的伤疤。“我儿子有这个奖状为证，你儿子有吗？”父亲不服气，举起奖状和人家吵起来。想不到一生谨慎、胆小怕事的父亲，这次竟和人家动起武来。这是他有生以来第一次和外人打架。最后结果可想而知，老实的父亲被人家打得肋骨折了几

词语百宝箱

屈辱　厄运　简陋
滑稽　胆小怕事

根，最后住进了医院。

事后，我不但不同情父亲，反而认为父亲是自作自受。待父亲出院回到家后，我压在心头多年的火终于爆发出来，冲着父亲大声吼道：“爹，你往后不要再这样丢人现眼了行不行？这些破奖状有什么好炫耀的？你被人家打成这样，还不都是你吹牛惹的祸！”父亲低着头一声不吭，那表情像是一个做错了事的孩子。

我越说越气，随手从墙上撕下几张奖状，边数落父亲边撕得粉碎。这时，我发现父亲的眼里蓄满了泪水……

第二天，令我惊异的事情发生了，我发现昨天被我撕碎的奖状又被人一点点地粘了起来，重新贴在原来的位置上。母亲告诉我说：“你别跟你爹过不去了，他窝囊了一辈子，你又不是不知道。为了这几张撕碎的奖状，你爹流着泪整整拼了一个晚上。”听了母亲的话，我心想，父亲“窝囊”了大半生，没得过什么荣誉，大概是借儿女的奖状来满足自己的虚荣心吧！数年后，我成全了父亲的愿望，考上了大学，父亲收集奖状的劲头也就更足了。待我参加工作后，那面黑乎乎的土墙已被父亲用花花绿绿的奖状和证书贴满了。每当看到这面土墙，我就想，这些年来，父亲辛辛苦苦地摆弄这些奖状到底是为了什么？我甚至怀疑父亲是不是有点儿心理变态。

但真正使我认识父亲的，却是家里发生的那一场火灾。

据母亲讲，那场火灾是因为邻家的孩子玩火，不小心点着了自家的房子，我家的房子也跟着遭了殃。当时，父亲刚从田里回来，二话不说，扔下锄头，便闯入了那两间烈焰腾腾、浓烟滚滚的小草房里。

母亲和周围的邻居惊呆了，都在想，窝囊了大半辈子的父亲哪来的勇敢、果断，难道这几间破屋里藏着比他生命还重要的宝贝不成？大约过了八九分钟，父亲满身是火，摇摇晃晃地跑了出来，一双胳膊紧紧地护着胸口，好像怀里揣着一件稀世珍宝似的。就在父亲跑出来没几步，忽然身后“轰隆”一声闷响，那两间草房惨然倒下，父亲也昏厥过去……

待母亲和周围的邻居把父亲抬到安全的地方，父亲已不省人事，唯有额头上那凸起的血管恰似一条条蚯蚓在蠕动。

当母亲小心翼翼地挪开父亲那双瘦骨嶙峋的胳膊时，发现父亲怀里揣着的竟是一摞发黄的奖状——那是我从小学到今天获得的全部荣誉。

我永远忘不了在医院见到的情景。父亲昔日那浓浓的眉毛、稀疏的头发、乱蓬蓬的胡子全烧焦了，身上也被烧伤了多处，原来的肺病更重了，不停地咳嗽。他睁开那双苍老、无力的眼睛，慈爱地注视着我，用微弱但坚定的声音告诉我："孩子，你的那些奖状一张也没烧着，待我们房子盖好后再重新贴上……"

我的眼泪"吧嗒、吧嗒"地掉了下来。那一刻，我终于明白，儿子本身就是父亲的作品，儿子的每一点儿成绩、每一分进步，都是贴在父亲心头的奖状，儿子的成功就是父亲终生渴望、梦寐以求的莫大荣誉。

这时我才明白，父亲原来并不"窝囊"，为了儿女的前途，那泣血的父爱何计生死荣辱呀！

真情感悟

无价的付出只求一个无私的愿望，相信普天之下除了父母，再没有谁能拥有如此宽广的胸襟与博大的胸怀。

雪天的温暖

来北京都半年多了，我极少跟家里联系，更没有跟父亲通过一次电话。其实一人在外，想家，不再是一种感觉，而是一种心路历程。

我一向任性。大学毕业后，本来在武汉有一份固定的工作，且收入也还可以，但干了不到三年，我就觉得这工作太程式化、太乏味、太没有挑战性，便离开了原来的单位，去北京闯荡。我这一举动，自然成了我们家的重大事件。姐姐沉默，母亲惊讶，父亲就更是愤怒，说："我看你是吃饱了撑的，你以为外面到处都是黄金等着你去捡！你以为你有蛮大的本事可以把天捅破，然后掉下个金娃娃来让你抱着，你做梦！"我刚张口辩解，就被父亲一挥手打断："我不听你这些大道理，我只告诉你，过日子是一件实实在在的事情，如果你要去的话，以后就不要进这个家门。"我撂下一句："行，我就不进这个家门！"悻然离家。

来北京都半年多了，我极少跟家里联系，更没有跟父亲通过一次电话。其实一人在外，想家，不再是一种感觉，而是一种心路历程。真的，我没有理由不想家。姐姐几次来电话说，你还是给爸爸打个电话报个平安吧，自从你走了以后，爸爸老是闷闷不乐，他肯定是想你。我听后，心里酸酸的，但既然走出了这一步，我是不打算认输的——儿子向父亲认输不是丢尊严的事情——我得干出点名堂来，再告诉父亲，好给他一点儿兴奋和慰藉。

整整三天，北京都在下雪，没有停下来的意思。这

词语百宝箱

辩解　悻然
慰藉

天晚上，我加班后回到租住的寓所，走到门前才发现钥匙忘在了办公室。无奈，我只好在大街上溜达。雪夜中的北京依旧灯火辉煌，但我总有一种局外人的感觉。来北京虽然时间不长，但其中滋味，断不是几句话可以说清的。我孤独地站在雪地上，路上的行人匆匆忙忙，没有谁注意我，我就像这随意飘落的雪花一样，与他们无关。

这时，我的手机响了，是姐姐打来的。

姐姐问："北京很冷吗？"

我说："在下雪，不过，没想象中那么冷，这里有暖气。姐，其实北方的冬天比南方好过。"

姐姐说："只要你没事就好，不过，你有时间的话最好还是给家里打个电话，爸妈从电视上看到北京接连几天在下雪，挺担心你的，怕你不适应，冻着了。特别是爸，这两天老自言自语地念叨，北京怎么下这么大的雪，北京怎么下这么大的雪，爸这样念叨，你不会不知道他是在惦记你吧？"

我只感到眼眶内潮潮的、热热的，站在雪地里，我安顿好自己的情绪，拨通了家里的电话。

居然是父亲接的电话。父亲从来不主动接电话。

"爸，是我。"

像是意料之中似的，父亲说："哦，哦，北京的雪天你习惯吗？"

我说："还行。"

父亲说："怎么你电话中这么吵？你在哪？"

我说："在外面看雪。"

父亲说："你别犯傻了，快进屋，快进屋添件衣服。"

我正想问候父亲几句，可父亲已挂断了电话。

刹那间，泪水夺眶而出。

真情感悟

雪也许依旧会下得很大，但来自远方的温暖却盈满了漂泊人的心怀。

父爱中没有力学

看到女儿像中弹的小鸟般垂直落下，平时手无缚鸡之力的他突然推开紧拉着他的学生们，一个箭步朝那团坠落的“蓝色云朵”迎了上去。

他是一个研究力学的专家，在学术界成绩斐然，他曾经再三提醒自己的学生们：“在力学里，物体是没有大小之分的，主要看它飞行的距离和速度。一个玻璃跳棋棋子，如果从 10 万米的高空中自由落体掉下来，也足以把一块 1 米厚的钢板砸穿一个小孔。如果一只乌鸦和一架正在高速飞行的飞机相撞，那么乌鸦的身体一定会把钢铁制造的飞机一瞬间撞出一个孔来。”

他说：“这种事已经屡次发生过，所以我提醒大家注意，千万别幻想把高空掉落的东西稳稳接住，即使是一粒微不足道的石子！”

那一天，他正在实验室里做力学实验。忽然门“砰”的一声被推开了，他的妻子惊恐万分地告诉他，他们那先天痴呆的女儿爬上了一座四层楼的楼顶，正站在楼顶边缘要练习飞翔。

他的心一下子就悬到了嗓子眼儿，他一把推开椅子，连鞋都没有来得及穿就赤着脚跑出去了。他赶到那座楼下的时候，他的许多学生都已经惊慌失措地站在那里。

词语百宝箱

幻想　惊慌失措

他的女儿穿着一条天蓝色的小裙子，正站在高高的楼顶边上，两只小胳膊一伸一伸的，模仿着小鸟飞行的动作想要飞起来。看见爸爸、妈妈跑来了，小女孩欢快地叫了一声就从楼顶上起跳了，很多人吓得“啊”的一声连忙捂住了自己的眼睛，他的很多学生紧紧抱住他的胳膊。看到女儿像中弹的小鸟般垂直落下，平时手无缚鸡之力的他突然推开紧拉着他的学生们，一个箭步朝那团坠落的“蓝色云朵”迎了上去。

“危险——”

“啊——”

随着一片惊叫声，那团“蓝云”已重重地砸在他伸出的胳膊上，他感到自己像被一个巨锤突然狠狠砸到，腿像树枝一样“咔嚓”一声折断了，眼前一黑就什么也不知道了。

他醒来的时候，已经躺在医院的抢救室里两天了。他的脑子还算好，很快就清醒了，可是下肢打着石膏、缠着绷带，阵阵钻心的疼痛让他忍不住倒抽冷气。他那些焦急万分的学生们对他说：“您总算醒过来了，您站在高楼下面接孩子实在太危险了，万一……”

他笑笑，看着床边自己安然无恙的小女儿和泪水涟涟的妻子说：“我知道危险，搞了半辈子力学怎么能不懂这个呢？只是在爱里面，只有爱，没有力学。”

真情感悟

看着从高处坠下的女儿，虽然知道就算接住了孩子，自己也会受很大的伤，但是，他还是不顾一切地跑向女儿，将女儿接住。一句简单的“在爱里面，只有爱，没有力学”，阐述了一个父亲伟大的爱。

一束芬芳的红玫瑰

因为我没有男朋友送花，所以我父亲送了我这些花。16 岁是迷人的，可我却想哭。

父亲头一次送我鲜花是我 9 岁那年。那时，我参加了五个月的踢踏舞学习班，准备迎接一年一度的音乐会。作为新生合唱队的一员，我感到激动、兴奋，但我也知道，自己貌不出众，毫无动人之处。

真叫人大吃一惊，就在表演结束来到舞台边上时，我听见有人喊我的名字，而且往我怀里放了一束芬芳的长梗红玫瑰。我默默地望着那一朵朵红得像滴血似的玫瑰，它们在一枝洁白的满天星衬托下，静静地绽放着独特的美丽和清香。我的脸通红通红的，注视着脚灯的另一边。那儿，我的父母正笑吟吟地望着我，使劲儿鼓掌。

一束束鲜花伴随着我跨过人生的一个个里程碑，而这束花是所有花中的第一束。

快到我 16 岁生日了。但这对我来说并不是一件快乐的事，我身材肥胖，没有男朋友。可是我好心的父母要给我办一个生日晚会，这使我的心情愈发痛苦。当我走进餐厅时，桌上的生日蛋糕旁边有一大束鲜花，比以前任何一束都大。

词语百宝箱

大吃一惊
绽放

我想躲起来。因为我没有男朋友送花，所以我父亲送了我这些花。16 岁是迷人的，可我却想哭。我最要好的朋友弗丽在一边小声说："噢，有这样的好父亲，真有福气！"我情不自禁地捧起了那一束玫瑰，整个身心都沉浸在那怡人的馥郁中，花香弥漫成一团透明的雾气，细细密密地浸润着我的心田，我就真的哭了。

词语百宝箱

馥郁　弥漫
茂盛　与日俱增

时光荏苒，父亲的鲜花陪伴着我的生日、音乐会、授奖仪式、毕业典礼。

大学毕业了，我将从事一项新的事业，并且马上就要做新娘了，父亲的鲜花标志着他的自豪，标志着我的成功，这些花带给我的不仅是欢乐和喜悦。父亲在感恩节送来艳丽的黄菊花，圣诞节送来茂盛的百合，生日送来鲜红的玫瑰。后来有一次父亲将四季鲜花扎成一束，祝贺我孩子的生日和我们搬进自己的新居。

我的好运与日俱增，父亲的健康却每况愈下，但他的鲜花礼物从不曾间断过。终于有一天，父亲从我的生活中逝去了，我将我买的最大、最红的一束玫瑰花放在他的灵柩上。

在以后的十几年里，我时常感到有一股力量催促我去买一大束花来装点客厅，然而我最终没去买。我想，这些花再也没有过去的那种意义了。

真情感悟

这世上，再美的花也没有父亲送的花有意义、有价值。父亲的花在记忆里静静地绽放，永远散发着人间最美的馨香。

读懂继父

我从小伙伴那里得知我的爸爸并不是我的亲生爸爸，但那时的我没有跑去向妈妈哭闹，我把这个我才知道的秘密小心地珍藏在自己的心里。

还在我牙牙学语的时候，爸爸就和妈妈离婚了。爸爸不要妈妈，也不要我，我成了没爹的孩子。

后来，一个男人从北方背着两床棉被来到了我和妈妈相依为命的家。他就是我的继父，有着北方人的强壮和刚烈，可惜大字不识一个。好在干农活需要的是力气，于是继父用他那宽宽的肩膀支撑着和妈妈新组合起来的家庭。

妈妈让我叫他“爸爸”。那个时候，我什么都不懂，我想当然认为这就是我的爸爸。爸爸话不多，显得有点儿木讷，对于童年他是否给了我很多的关爱，我已经找不到任何的记忆。也许是爸爸不善于表达感情吧，包括后来的弟弟也没有对在父亲怀里有温馨的回忆。

直到上学后，我从小伙伴那里得知我的爸爸并不是我的亲生爸爸，但那时的我没有跑去向妈妈哭闹，我把这个我才知道的秘密小心地珍藏在自己的心里。

由于年龄的增长，懂得的知识越来越多，我有点儿看不起我的继父，学校里面的什么事情都不愿意跟他说。渐

词语百宝箱

相依为命
刚烈　木讷

渐地我发现他对弟弟特别严格，而不怎么过问我的事情。我心里明白原因是我不是他亲生的。

学校里面开家长会，每次我都要妈妈去，我怕不认字的继父连我的名字都写不出来。每次要交钱，我总是跟妈妈要，尽管妈妈还是要去跟继父拿，但我无论怎样都向他开不了口。我无法跟继父亲密起来，也许这都是因为我不是他亲生的。

家里只有几亩田地，由于我和弟弟都相继读到了初中，家里的日子更加窘迫。我经常看到继父和妈妈在他们的房间里面叹气，但我不能做什么，只能把书读好。

终于继父在亲戚的介绍下去城里打工，他回来时，带了很多钱，妈妈笑弯了腰，我没有对继父说一句感谢的话，尽管他出去都是为了我们，我想这是天经地义的事。

后来，我和弟弟也相继进了城读书，继父为了挣到更多的钱，从天没亮就开始忙，晚上还加夜班。偶尔来学校看我们一次，他在我和弟弟面前吹嘘挣钱有多容易，未经世事的我们就当真了，目不识丁的继父竟有这么能干，我不再那么小看他了。于是我们在学校里面花钱如流水，没有钱的时候给他打个电话，继父就会迅速地把钱给我们送来。

直到有一天，我的同学说她想去我爸爸工作的地方买点儿东西，于是我们约好一起去请爸爸帮忙。到了那个市场里面，我就在各个豪华的办公室里搜索继父的身影，但总是找不到，于是我问了一下看门的老头儿，他指着一个大货车说："这不，你爸爸在车上卸货，他可是我们这里最吃得苦的，你长大可要好好孝敬他。"老头儿的话我还没有听完，脑子里面已经乱成一团，原来继父瞒着我们做这么辛苦的工作来供我们读书。那时，我已经顾不得同学的惊讶和疑惑，径直走到货车前，

词语百宝箱

窘迫　天经地义
吹嘘　目不识丁
乱成一团

总算看到了继父忙碌的身影。我想喊，但我的喉咙被一种莫名其妙的东西卡住，顷刻间我泪流满面。

那一刻，我才真正读懂继父，他的善良，他对我们的宽容，他对我的爱……

词语百宝箱

莫名其妙 肆意

不动声色

从那以后，我不再肆意地浪费继父挣的钱，每次拿到带有汗味的钱，我都在想里面不知浸透了多少汗水和心血。我开始尊敬我的继父。

几个星期后回家，我把继父的事情跟妈妈说。妈妈不动声色地说："你爸爸叫我不要告诉你们。他对我说他在里面扫的垃圾，可以用十个车子来拉。他的大手已经磨得开裂，每次回来，我看着他的手，都心疼地掉眼泪。孩子，将来你可要好好报答他！"

我一头扑在妈妈的怀里，放声大哭。我是不幸的，因为一生下来就被父亲抛弃。但我又是幸运的，因为我遇到了这样一位无声无息疼爱我的继父。继父用他那羞涩的爱默默地为我撑起一片无雨的天空，让我幸福快乐地奔跑着。

真情感悟

继父的爱有时比亲生父亲的爱还朴实，还伟大，还温暖。

拒绝诱惑

你知道吗？在那种情况下，海水就是慢性毒药！要是你经受不住它的诱惑，刚开始时只想尝一下，接下来你就会忍不住喝它，结果就只能加速死亡。

那一年初秋，他在高考落榜之后，由于一时没有找到合适的工作，便跟随父亲到海上去捞海菜。当时，父亲出海驾驶的是一条只有 6 马力的小船。

有一天，他和父亲驾驶着小船在离岸五六海里的海域上捞海菜。待暮色降临时，他和父亲已捞了满满一舱海菜。就在父亲将船发动起来，准备返航时，天空骤然变得昏暗起来。父亲焦虑地看了看天空，根据多年闯海的经验，他知道马上就要起风了。为了减轻小船的载重，能够尽快返回岸上，父亲一边把船舱里的那些海菜往海里扔，一边让他下来帮忙。他看着辛劳一天的收获白白地扔回到海里，心中感觉有些不忍。

果然，船舱里的那些海菜还没有被拾掇干净，风暴已经携着恶浪迎过来了。他们的小船犹如浮在海面上的一片枯叶，时而被掀上浪尖，时而又跌落下来，那个小小的螺旋桨完全变成了一个装饰。夜色一点一点地加深，他的心中也变得愈加恐惧。

不知过了多久，风暴终于停下了，大海又恢复了先前的平静；而周围则是漆黑一片，他们船上的燃油耗尽了，

词语百宝箱

暮色　焦虑　犹如

发动机已停止了运转。父亲喘息着对他说："你摸一摸水桶还在吗。"他赶紧用手一试，才发现用来盛淡水的那只塑料桶翻倒了。因为盖子没盖严实，里面的淡水几乎都洒尽了，幸亏那几个馒头用塑料袋装着，没有遭到海水的浸泡。他们的小船在海上漫无目的地漂着，他惊颤着问父亲："现在，咱们离海岸还很远吗？"父亲沉默了一会儿后镇静地说："到天亮时就知道了。"

待到天亮时，他努力搜寻着，希望找到岸的影子，可周围却是汪洋一片。父亲思忖了一阵儿，毅然用"漂钩"（撑船的工具）调整了漂流的航向。因为没有燃油，他们的小船行驶得异常缓慢。

秋日的阳光仍烤得人透不过气来。父亲掰了一半馒头递给他说："桶里只有一点点淡水，咱们必须紧省着喝。"他小心翼翼地打开水桶，喝了一口，而父亲只抿了一下，用来润润嗓子。直到天黑时，还没看到岸的影子。于是，父亲将衣裳脱下来，蘸上一些油渍，然后用打火机点燃：他是希望能够被那些过往的大船发现。然而他们并没有那么幸运。

熬到第二天时，桶里的淡水已经空了。他感到浑身像着了火一般，望着湛蓝的海水，再也抵挡不住它的诱惑，便偷偷掬起一捧尝了一口。他的举动被父亲发现了，父亲厉声呵斥道："快吐掉！再坚持一阵儿，我们就到岸了！"父亲在说这些话的时候，眼圈红红的。

就在那个夜晚，父亲借着月光发现了海面上有浮动的"网漂"。父亲惊喜地把船划过去，并俯身捞起网绳来查看了一下，发现上面没有海菜，父亲断定这是刚下的新网，附近一定有船。他们就顺着"网漂"的方向使劲儿划去，果然没过多久就发现了一艘渔轮……

他们获救之后，他问父亲："当时，你真的相信我们能够漂到岸上吗？"父亲意味深长地说："我们当时唯一的选择就是坚信自己；如果没有信念，咱们俩也许早就丧身海底了。"

他仍不解地问："当时我只尝了一口海水，你为什么

词语百宝箱

漫无目的　毅然

要对我发那么大的火呢？”

父亲肃然地解释说：“你知道吗？在那种情况下，海水就是慢性毒药！要是你经受不住它的诱惑，刚开始时只想尝一下，接下来你就会忍不住喝它，结果就只能加速死亡。”

词语百宝箱

肃然　袭击
折磨　诱惑

现在，他经常回味父亲说过的这些话，其实那些话中不是包含着一个深刻的人生哲理吗？人生犹如海上行舟，随时都可能会遭遇恶浪和风暴的袭击。面对痛苦与厄运的折磨，我们每个人都必须坚定自己人生必胜的信念，并且在最险恶的情况下，也要学会识别和拒绝那些外表美丽实则致命的诱惑。只有这样，我们才能从绝境里获救。

真情感悟

父亲对孩子的爱，不是用言语能够尽述的，他们的爱往往是无言的。

第三章

在千万人中，寻找一个对的人

爱
是一种
责任
是一种
无条件的付出
和牺牲
永无止境
永不失落

守候爱情

这一天是两人的结婚纪念日，丈夫早就许诺无论如何也要陪妻子过一个浪漫之夜。妻子很早就期待这一刻的到来，她下班后将房间打扫干净，穿上丈夫最喜欢的长裙，并化了淡妆，等着丈夫回家。

他们结婚已经三年了。这三年，妻子温柔贤惠，将一个小家打理得干干净净，丈夫对妻子体贴关怀，两人恩恩爱爱，感情极好。但是最近却常吵架，原因是丈夫常常在外面应酬，很少回家吃饭，妻子常做守夜人。妻子天性恬静，向往夫唱妇随式的温馨生活，她认为只要两人一起聊聊天、看看电视，哪怕偶尔拌拌嘴也是幸福。丈夫却觉得男人应以事业为重，有交际应酬也是难免的，更何况自己这么辛苦就是为了让这个家更加富足、更加美满啊。

这一天是两人的结婚纪念日，丈夫早就许诺无论如何也要陪妻子过一个浪漫之夜。妻子很早就期待这一刻的到来，她下班后将房间打扫干净，穿上丈夫最喜欢的长裙，并化了淡妆，等着丈夫回家。六点钟过了，七点钟、八点钟也过了，丈夫还没回来。快九点时她打电话问，他说单位同事生日在某酒店吃饭。听闻此言，妻子心中积蓄多日的怨气终于爆发出来，对着话筒大大地发泄了一通。丈夫搁下电话便匆匆向同事道别，赶快赶了回来。妻子仍在生气，

词语百宝箱

恬静　温馨
积蓄　发泄

丈夫便主动下厨做好了晚饭，吃饭时，两人谁也没有说话，吃完饭后妻子终于破涕为笑，丈夫如释重负，打开电视寻找妻子爱看的频道。妻子气消了，可她越想越觉得不对劲，总觉得丈夫这样中途退席不礼貌，于是又反过来劝丈夫再回酒店去。丈夫安慰她说没关系，但后面的电视节目两个人根本没看进去，都显得有些心不在焉。

词语百宝箱

破涕为笑
如释重负
轻手轻脚

以后，丈夫仍然早出晚归、应酬不断，妻子却不再说什么。只是每次丈夫总会先打个电话回家："我带了钥匙，你自己先睡。"但每次当他轻手轻脚地走到门口准备掏钥匙时，门却打开了，妻子说："你的脚步声太重了……"

真情感悟

一次争吵，让丈夫和妻子都明白对方的需求，虽然闹了一次不愉快，但是却换来了永久的幸福。只要双方有爱，肯对对方多一些理解，多一些体谅，那么，家庭永远都是一个充满爱的港湾。

幸福的滋味

母亲一边吃，一边掉眼泪，眼泪和着菜，全是幸福的滋味。

那是十多年前，父亲和母亲刚刚结婚。母亲是个很能干的女人，风风火火，不但工作上干得有声有色，而且家务事也料理得井井有条，尤其烧得一手好菜，父亲简直是过着衣来伸手饭来张口的少爷生活。所有人都羡慕父亲，说娶到母亲真是父亲一生的福气。有个周末，家里要来客人，母亲忙不过来，就叫父亲帮忙递递菜递递碗什么的。千呼万唤，父亲却只应着不挪步，眼睛都不肯从书本上移开一下。油锅“呼”地着了火，母亲又气又急，手忙脚乱间还把锅打翻了，结果烫伤了脚。

父亲当时肠子都悔青了。母亲卧床的那些日子，突然变得很爱吃鱼。那时，生活水平那么低，吃鱼吃肉一般是过年过节才有的奢侈。母亲的伤，其实已经花了很多钱，几个朋友那里都已经借遍了。所以，给母亲买过两次鱼以后，经济上捉襟见肘的父亲就只有愧疚和无奈了。

大约过了一个星期，父亲在晚饭时间兴冲冲端了一盘菜放到母亲面前。母亲吃了一口，说不出是什么鱼，细细咀嚼，发现不是鱼肉，却有鱼的鲜香

词语百宝箱

有声有色　千呼万唤

捉襟见肘

滋味。父亲得意扬扬地笑道："这叫鱼香茄子，味道好吧？"

原来，父亲托朋友找了一个食堂大厨拜师学艺。人家本来不肯教的，但他好说歹说，大厨师感动了，才把这门绝活教给他。家常菜其实是很难做的，考手艺。父亲学了一个星期，才有点儿眉目。他像献宝一样，不停地问母亲："好吃吗？"还说，以后再不袖手旁观了，一定会帮母亲一起做家务活。母亲一边吃，一边掉眼泪，眼泪和着菜，全是幸福的滋味。

词语百宝箱

得意扬扬　袖手旁观

真情感悟

被爱是一种幸福，但不是理所当然，为爱你的人付出爱才是一个人应当做的。那时，她会为你那份体贴而感动，也会更加爱你。

爱的最高境界

他们重新闭上眼，假装什么也没发生，可谁都没有睡着。

他爱上她的时候，她才19岁，正在远离现实世界的象牙塔里做着纯真的梦。

而他已经工作了好几年，差不多忘记了什么是浪漫，因此，他尽可能小心地呵护着她和她的精神世界。

有一天，他借来梅丽尔斯特里普演的《索菲的选择》和她一起看。

片子看完了，她并没有明白他给她看此片的深刻含义。

可是有一个镜头从此嵌入了她的脑海，令她永生难忘：当人们弄开房门，冲进屋子时，发现那两个相爱的人已相拥着告别了这个世界。

她流泪了，她问他这是不是爱的最高境界。他笑了笑，没有回答。她知道，对他来说可能还有一种更高的境界。

他等了她很多年，然后她成了他的妻子。渐渐地，不知有意无意，他们养成了相拥而眠的习惯。

无论睡梦中变换了怎样的姿势，无论他们为了什么事互不理睬，第二天清晨醒来，她总是在他怀里。

她觉得很幸福。再后来，他们之间发生了一些事，彼

词语百宝箱

浪漫　呵护

永生难忘

此开始互相怀疑他们之间的感情。

他不再对她说“我爱你”，当然她也不再对他说“我也是”。

一天晚上，他们谈到了分手的事，后来便背对背睡下了。

半夜，天上打雷了。第一声雷响时，他惊醒了，下意识地用双手去捂她的耳朵，才发现不知何时他又拥着她。

第二声雷紧接着炸开了，她或许是被雷声又或许是被他的手弄醒了，睁开眼，耳里还有轰鸣的雷声，他的手正从她耳朵上拿开。

她的眼眶顿时湿润了。他们重新闭上眼，假装什么也没发生，可谁都没有睡着。

她想，也许他还爱我，生怕我受一点点惊吓。

他想，也许她还爱我，不然她不会流眼泪的。

真情感悟

爱的最高境界是经得起平淡的岁月。生活是平淡的，有时又是痛苦的，枯燥的岁月有你一起陪我，那就足够了。

山崖上的生死之爱

那件事发生以后，她的牙全都脱落了，并从此再也没有站起来。

一对老夫妻悄悄离开旅游团，相携到山崖上去看夕阳，两位老人如痴如醉地欣赏着无比美丽的景色，突然，她感到身边有一个东西在往下坠落，她下意识地伸手拉了一把，拉住的正是她的丈夫。她拉住他的衣领，拼命地往上拉，但无论她怎么努力，都无济于事。他悬在山崖上也不敢随意动弹，否则两个人会同时摔落谷底，她拉着他实在有些支撑不住，她的手麻木了，胳膊又肿又胀，仿佛随时都会和身子断裂，她意识到瘦弱的胳膊根本拉不住他沉重的身体，她只能用牙死死咬住他的衣领，坚持到最后一刻，她企盼有人突然出现使他们绝处逢生。

词语百宝箱

如痴如醉　无济于事
企盼　绝处逢生

他悬在山崖上，就等于把生命钉在鬼门关上，在这日落西山的傍晚，有谁会来到山崖上？意识到这一点后，他说："放下吧。"

她紧咬着牙关无法开口，只能用眼神示意他不要吱声。

1 分钟过去了，2 分钟过去了，3 分钟过去了……

冥冥中，他感到有热热的、黏黏的液体滴在他身上。他敏感地意识到是血从她的嘴里流出来了，还带有一种咸咸腥腥的味道。他又一次央求她："求你了，放开我吧！有你这片心意我就知足了……”

词语百宝箱

肝肠寸断　无可奈何

幡然

她仍死死咬住他的衣领。无法开口说话，她只能用眼神再次阻止他不要挣扎。

半个小时过去了，一个小时过去了。

他感到有大粒大粒的热热的液体“吧嗒、吧嗒”地滴落在他脸上，他知道她七窍出血了，他肝肠寸断、无可奈何。他知道她在用一颗坚强的心和死神抗争。他幡然感到生命的分量此时此地显得无比沉重。

不知过了多长时间，旅游团的人们举着火把找到了山崖，终于救下了他们。她在不远处的一家医院里住了好几个月。

那件事发生以后，她的牙全都脱落了，并从此再也没有站起来。

他每天用轮椅推着她走在街上看夕阳。

他说：“当初你干吗拼命救下我这个糟老头儿？你看你的牙！”

她喃喃地说：“因为我知道，我当时一松口，失去的不仅是你，也是我后半生的幸福。”

真情感悟

自身安全不仅仅是自己的幸福，也是自己另一半的幸福。在生死与共的关键时刻，想到的不能仅仅是自己，因为正是有了对方的存在，自己才有生存下去的勇气和快乐。因此在人生的道路上，最大的幸福就是能够和自己的爱人长久地生活。

真爱在心中

他兴高采烈地回到家里，一进家门就看到了餐桌上整齐地摆放着他们家最好的瓷餐具，点着红色的蜡烛，漂亮极了、温馨极了、浪漫极了。

星期五的早上，一位年轻的商人终于决定要求老板为他加薪。在离开家去上班前，他把他的想法告诉了妻子。整整一天，他都处于高度的紧张和深深的忧虑之中。最后，在傍晚时分，他终于鼓起了勇气，走到了老板面前，提出了加薪的要求。让他喜出望外的是，老板竟然很爽快地答应了他的要求。

他兴高采烈地回到家里，一进家门就看到了餐桌上整齐地摆放着他们家最好的瓷餐具，点着红色的蜡烛，漂亮极了、温馨极了、浪漫极了。不仅如此，他还闻到了从厨房里飘出来的只有节日的欢宴才有的香味。他不禁想：一定是公司里的哪位同事打电话把他加薪的事提前向妻子告了密。

然后，他走进了厨房，迫不及待地把这个好消息告诉给了正忙着准备饭菜的妻子，让她与自己一起分享这莫大的欢乐。他们高兴极了，热烈地拥抱着，欢快地舞蹈着。然后，他在餐桌边坐了下来，开始享用妻子精心准备的美味佳肴。

吃着吃着，他突然发现在他的盘子旁边放着一张充满了柔情和诗意的便笺，上面写道：“祝贺你，亲

词语百宝箱

忧虑　喜出望外

爽快　兴高采烈

爱的！我知道你一定会得到加薪的。这顿晚餐将向你表达我对你那深深的爱意！”看完之后，他的心里顿时涌起了一股暖流。

过了一会儿，在去厨房帮助妻子准备餐后甜点的时候，他突然看到有一张卡片从妻子的口袋里滑落到了地板上。于是，他弯下腰，将它捡了起来，并且读道：“亲爱的，千万不要为没有加薪而感到烦恼！不管怎样，我都认为你应该得到加薪！就用这顿晚餐向你表达我对你那深深的爱意吧！”

真情感悟

真爱是发自内心深处的，它不受外界因素的影响而变化，这样的爱才是最纯真的感情。无论成功还是失败，无论富有还是贫穷，相爱的人永远相伴才是人生最大的幸福。

身在爱中

你有一位漂亮贤惠的妻子，她天天送你到马路边，然后站在那儿，看着你走进店门才离开，今天也是，你真是好福气。

他失明了。

原先他是多么幸福啊：他是一家医院的主治医生，在市里小有名气，有自己的私家车，有宽敞明亮的住房，还有一个温柔可爱的妻子。

可上天好像跟他开了一个玩笑，碾碎了他幸福美满的梦，将他推向了无尽的黑暗当中。他痛苦、彷徨，不知该如何应对这突如其来的一切，他甚至产生了轻生的念头，但每次都被细心的妻子发现。真的，她是一个心细如发的女人，这种细心只有在爱一个人的时候才能细致入微地体现出来。譬如他在晚上失眠的时候，吃了几片安眠药，药瓶里还剩几片，她心中都一一有数。

他的情绪在她的温柔体贴下，有所平缓。现在，他已经愿意让她读晚报上的新闻，或者听每天的新闻联播。

他的精神状态真的恢复得很快。在她的帮助下，他开始学习盲文，他学得很刻苦，后来又学推拿。

他准备开办一家盲人推拿室，她为他办好了一切手续。他开始与社会接触，试着用自己的技术养

词语百宝箱

小有名气　温柔可爱
彷徨　突如其来
心细如发　细致入微

活自己。

他从痛苦中解脱出来，内心又滋生出另外一种痛苦。

她以前天天对他嘘寒问暖，现在她只会送他到医院的马路边，然后说声“再见”。最近几天，她好像连“再见”也懒得说了。

她是不是不要他了？她是不是讨厌他这个盲人了？她是不是有了新欢？他觉得自己拖累了她，他开始跟她生闷气，不吃她烧的饭菜，质问她许多问题。

可她总是说：“你该相信我的。”她本来就是一个少言寡语的女子。

他天天满腹心事地到推拿室工作。一位坐在他店门前的修鞋匠对他说：“大夫，你这几天看起来好像很不开心。”

他沉默不语，一言不发。

修鞋匠又说：“你天天生意这么好，钱赚得又多，还有什么不开心的呢？还有，你有一位漂亮贤惠的妻子，她天天送你到马路边，然后站在那儿，看着你走进店门才离开，今天也是，你真是好福气。”

他说：“天天这样吗？”

修鞋匠说：“难道你到现在还不知道吗？”

他的泪水很快就涌出了眼眶。

词语百宝箱

嘘寒问暖　少言寡语
满腹心事　一言不发

真情感悟

任何事情在没有确定之前，不要猜疑，否则会伤了别人，伤了自己。不要吝惜自己的爱，敞开自己的胸怀，多多给予别人，你会发现，你也已经沐浴在爱河里了。

等待

小姐，12 小时只是漫长人生中的一瞬间，可是有时候 12 小时足以影响一个人的一生。

一对情侣在茶馆里发生了口角，互不相让。然后，男孩愤然离去，只留下他的女友独自垂泪。心烦意乱的女孩搅动着面前这杯清凉的柠檬茶，泄愤似的用匙子捣着杯中未去皮的新鲜柠檬片，柠檬片已被她捣得不成样子，杯中的茶也泛起了一股难以入口的柠檬皮的苦味。女孩叫来服务生，要求换一杯剥掉皮的柠檬泡成的茶。服务生看了一眼女孩，没有说话，拿走那杯已被她搅得很浑浊的茶，马上端过来一杯冰冻柠檬茶，只是，茶里的柠檬还是带皮的。原本就心情不好的女孩被服务生的举动完全激怒，更加恼火了，她又叫来服务生。"我说过，茶里的柠檬要剥皮，你没听清吗？难道你分不清什么是去过皮的柠檬什么是不去皮的柠檬？"她愤怒地斥责着服务生。服务生显然已有心理准备，看着她，他的眼睛清澈明亮。"小姐，请不要着急。"他说道，"你知道吗？柠檬皮经过充分浸泡之后，它的苦味溶解于茶水之中，将是一种清爽甘冽的味道，这正是现在的你所需要的。所以请不要急躁，不要想在 3 分钟之内把柠檬的香味全部挤压出来，那样

词语百宝箱

心烦意乱　难以入口
激怒　斥责　清澈明亮
清爽甘冽

做会适得其反，只会把茶搅得很浑，不仅于事无补，还会将事情弄得一团糟。”

女孩愣了一下，心里有一种被触动的感觉，她望着服务生的眼睛真诚地问道：“那么，要多长时间才能把柠檬的香味发挥到极致呢？”

服务生笑了：“12 个小时。12 个小时之后柠檬就会把生命的精华全部释放出来，你就可以得到一杯美味到极致的柠檬茶，但你要付出 12 个小时的忍耐和等待，不知道小姐你可愿意？”

女孩半信半疑：“12 个小时？你开玩笑吧，难道别人喝一杯茶都需要等上 12 个小时？”

“小姐，12 个小时只是漫长人生中的一瞬间，可是有时候 12 小时足以影响一个人的一生。”服务生顿了顿，又说道，“其实不只是泡茶，生命中的任何烦恼，不论事情大小，只要你肯付出 12 个小时的忍耐和等待，就会发现，事情并不像你想象的那么糟糕。”

女孩看着他，似乎没有琢磨透服务生的话。她用一种迷茫又有点儿无助的眼神望着服务生。

服务生又微笑着说：“我只是在教你怎样泡制柠檬茶，顺便和你讨论一下用泡茶的方法是不是也可以泡制出美味的人生。有机会的话，不如你自己亲手泡制一次柠檬茶，等上 12 个小时，在这 12 个小时中你可以仔细想想我今天对你说的话。在 12 个小时过后，你自己看看是不是像我说的那样。”

说完，服务生鞠躬微笑着离去。

女孩面对一杯柠檬茶静静沉思。女孩回到家后迫不及待地自己动手泡制了一杯柠檬茶，她把柠檬切成薄薄的片儿，放进茶里。

女孩静静地看着杯中的柠檬片，她看到它们慢慢张开来，好像有晶莹细密的水珠凝结着。她被感动了，她感到了柠檬的生命和灵魂在慢慢升华，缓缓释放。

词语百宝箱

于事无补　升华

释放

12 个小时后，她品尝到了她有生以来从未喝过的绝妙、美味的柠檬茶。女孩明白了，这是因为柠檬的灵魂完全深入其中，才会有如此完美的滋味。

门铃响起，女孩开门，看见男孩站在门外，怀里的一大捧玫瑰娇艳欲滴。

词语百宝箱

绝妙　娇艳欲滴

一本正经

“可以原谅我吗，我的公主？”他幽幽地问。

女孩笑了，拉他进来，在他面前放了一杯柠檬茶。

“今天在茶馆坐了那么久还没有喝够？”他露出她最为熟悉的笑容。

“让我们定一个约定，”女孩一本正经地说道，“以后，不管遇到多少烦恼，我们都不许发脾气，静下心来想想这杯柠檬茶。”

“为什么要想柠檬茶？”男孩对此困惑不解。

“因为，我们需要耐心等待 12 个小时。”

真情感悟

所谓欲速则不达，操之过急往往一无所获。等待，看似是一种消磨，其实是另一种机会的开始。当然，不是所有的事情都适合用等待作为解决的方式，但当你绞尽脑汁，一筹莫展，而事情却毫无转机的时候，不妨试试等待，起码，你可以让自己冷静下来。

让天使自由地飞

一天晚上，男孩趁着天使熟睡的时候，把天使的翅膀藏了起来。

从前，一位天使路过山涧的时候，遇到一位男孩。他们相爱了，就在山上建造了爱的小屋。

天使每天都要飞来飞去，但她真的很爱这位男孩，得空的时间几乎都陪伴在他的身边。

一天，天使带着心爱的男孩，在山涧散步。忽然，她说："如果有一天，你不再爱我了，我会离开你。因为没有爱的日子，我会活不下去。那时候，我就会飞到另一个男孩的身边。"

男孩看了天使一会儿，坚定地说："你年轻、漂亮、贤惠、可爱，天底下难道还有比你更值得我爱的人吗？我将会永远爱你！"

他们的日子过得很幸福。但是，每当男孩想起天使的那句话，他就开始烦躁不安。他总觉得天使说不定哪一天就会离开他，飞到另一个男孩的身边。于是，一天晚上，男孩趁着天使熟睡的时候，把天使的翅膀藏了起来。

天亮以后，天使生气地说："把我的翅膀还给我！为什

词语百宝箱

山涧
飞来飞去
散步　贤惠

么要这样？你不爱我了，你不爱我了……”

“我没有，我还是爱你的！我没有藏你的翅膀，真的，相信我好吗？”

“你骗人，你说谎，我不相信你了，我感觉你不爱我了！”

当她从柜子里找出翅膀后，就头也不回地飞走了。

男孩很难过，也很怀念那段美好的生活。他后悔了，就独自坐到山头的风口上，默默地忏悔：“纵然我爱你爱得发狂，也不能剥夺你自由飞翔的权利，是吗？我应该给你足够的自由，让彼此有喘息的空间。我现在真的懂了，你还能回来吗？难道你就不能给我一次机会吗？连圣人都会犯错误，更何况是我呢！原谅我吧……”

忽然间，天使出现了。她被他的这一番话感动了，她温柔地说：“我回来了，亲爱的！其实这段时间我一直陪伴在你的身边，只是没让你发现。”

“你真的不走了，真的还爱着我？”

天使微笑着说：“傻瓜，我感觉到你还是爱我的，对吗？我们彼此这么相爱，我为什么还要离开你呢？只要你还爱着我，我就一直爱着你，直到你不再爱我为止。”

真情感悟

爱情是人世间最美丽的东西。尊重爱人，给他（她）足够的空间，是爱情成功的基础。不要以为爱他（她）就可以左右他（她），那样，你最终只能失去他（她）。爱，不等于占有，而是尊重。

打开心门的钥匙

他原有四把钥匙，楼下大门、家里的两扇门以及办公室这四把。不知从何时起，他的口袋里多了一把钥匙。

他是个爱家的男人。他纵容她周末约同事回家打通宵的麻将，他纵容她拥有不下厨的坏习惯，他纵容她在半夜挑逗他那已沉睡的身躯，他始终都扮演着一个好男人的角色，好得让她这个做妻子的自惭形秽。

她第一次怀疑他，是从一把钥匙开始的。她虽然不是个百分百的好老婆，但总能从他的一举一动了解他的情绪，从一个眼神了解他的心境。

他原有四把钥匙，楼下大门、家里的两扇门以及办公室这四把。不知从何时起，他的口袋里多了一把钥匙。她曾试探过他，他支支吾吾的言辞，令她更加怀疑这把钥匙的用途。

她开始有意无意地电话追踪，偶尔出现在他办公室，名为接他下班实为突击检查，她开始将工作摆在第二位，周末也不再约同事回家打牌，还买了一堆烹饪的录像带和食谱，想专心做个好老婆，可是一切似乎太迟了。

他越来越沉默，越来越不让她懂得他心里想什么，

词语百宝箱

纵容　自惭形秽
一举一动　心境

他常常独自一个人在半夜醒来，坐在阳台上吹整夜的风，他变得不大爱说话，精神有点儿恍惚，有一次居然连公文包都没带就去上班。他真的变了很多，唯一没有变的是他对她的温柔和体贴。但她的猜疑始终没有消减，日以继夜地追查，她终于发现了那把钥匙是用来开启银行保险箱的，于是她决定追查到底，她悄悄地偷出了那把钥匙进了银行。

当钥匙一寸一寸地伸进那个小孔，她感到慌张又迫切想知道的答案即将揭晓。首先映入眼帘的是一个珠宝盒，她深深地吸了一口气，缓缓地打开盒盖，然后，心里甜甜地笑了起来："这个傻瓜。"那是他们两人第一次合照的相片。照片之后是一叠情书，算一算一共二十八封，全是她在热恋时期写给他的，那个时候甜蜜是她脸上唯一的表情。珠宝盒底下是一些有价证券，有价证券底下是份遗嘱，她心想："待会儿出去一定要骂一骂他，才 30 出头立什么遗嘱。"虽然如此，她还是很在意那份遗嘱的内容。她翻开封面，内容写着 ×× 阳明山的别墅和存款的百分之二十留给父母，存款的百分之十给大哥，有价证券的百分之三十捐给老人机构，其余所有的动产、不动产后面都写着一个名字。

词语百宝箱

恍惚　日以继夜

揭晓　烟消云散

她哭了，因为这个名字不是别人，正是她自己。所有的疑虑都烟消云散，他是爱她的，而且如此忠诚。正当她收拾起所有的东西要动身回家为他准备丰盛晚餐时，突然，一个信封从两叠有价证券里掉了出来，那已经褪去的猜疑，又重新涌上心头，她迅速地抽出信封里的那张纸，那是一张诊断书，在姓名栏处她看到了先生的名字，而诊断栏上是四个比刀还锋利的字："骨癌中期。"

真情感悟

我们每个人心里都有一扇门，那扇门的名字叫作怀疑，而打开那扇门唯一的钥匙是爱。只要心中有爱，无论什么门，都能打开。

妻子最美的时候

终于有一天，她心有不甘地问丈夫："你觉得我什么时候最美丽？"

丈夫是很勤快、很忠厚的一个人，也很爱她，常称赞她温柔贤惠、善良正派。然而，她不满足也不踏实，觉得这并不足以作为爱的证明，每个女人都希望别人把她当成大美人，虽然她知道自己并不美。终于有一天，她心有不甘地问丈夫："你觉得我什么时候最美丽？"问完，她忽然很害怕，她怕丈夫的回答会让她失望。

丈夫沉吟了片刻，回答说："你每次洗完头，将披散的长发向后一甩，这个动作很美；每次上街，你走累了，便会轻轻地靠住我，这时你的表情很美、很乖；在外面吃饭时，满桌的人都大嚼大咽，只有你小口小口地吃，那么克制、那么优雅……"

女人真的很满足、很陶醉。在问这话之前，她设想过丈夫的许多回答，说她喂孩子时最美，说她孝敬父母时最美，说她带学生春游时最美，这些回答都会让她觉得遗憾。这些只是作为母亲的美丽，作为女儿的美丽，作为老师的美丽，而不是纯粹作为女人的美丽。丈夫不落俗套的回答，让她真正明白了，

词语百宝箱

忠厚　踏实
沉吟

即使相貌平平，照样也会有惊鸿一瞥。一句话、一个表情、一个动作，有时是一刹那，但男人发现了、心动了、记住了。

女人相信这才是爱，并由此心底里产生一种前所未有的安全感与踏实感。

真情感悟

夫妻之间，有爱才有“美”，无论你是平凡还是伟大，有爱才可能会产生“美”，如果没有爱，就算你貌若天仙，“美”也很快就会消失。

看不见的爱

她收回注视他遗像的呆痴目光，突然开口讲话："爱人已去，谎言也该揭穿了。"

有这样一个故事。

像往常一样，中午午餐，叶络又去了那家小吃店，要了一碗面条。刚吃了几口，这时进来一对中年夫妇，男的有一只眼睛看不见了，身后背着一把二胡；女的是个盲人，在男人的搀扶下，摸索着坐到叶络对面的椅子上。

大概是个卖艺的吧，叶络想。

"大碗豆花米粉，两份。"男的将二胡靠在墙角。

刚坐下来，男的又起身去拿筷子，顺便付了钱，又向店员说了几句什么。

一会儿，米粉上来了，却是一大一小两碗。男的仔细地将豆花米粉弄碎、拌匀，然后将大碗递给女的。

女的吃了两口问："你呢？"

"我的也是豆花米粉，大碗的，足够了。"

叶络有些吃惊——

"这种不是大碗的。"坐在叶络旁边的一个小孩忽然说。他一定以为，这个叔叔弄错了，却付了大碗的钱。

中年男子并没有抬头，继续低头吃着。

“叔叔，你吃的这种不是大碗的。”小孩以为他没听见，重复道。

中年男子慌忙抬头，冲男孩摆摆手。

“多嘴！”小男孩的母亲厉声呵斥。

“本来就是嘛。”男孩一脸委屈。

正吃米粉的女人停了下来，侧着头仔细辨别声音的方向，她的脸轻轻地抽搐了一下。

吃完米粉，他们搀扶着走出了小吃店。

叶络被这一对盲人夫妇感动了，默默地走在他们后面。

“今天吃得真饱。”男的说。

女的沉默了一会儿——

“你不要骗我了，你吃的是小碗，你一直瞒着我。”女的失声哭了起来。

“我不饿，真的不饿，你……你别这样，路人看了多不好……”男的有些手足无措，扯起衣袖为妻子擦泪。

叶络看着他们，泪水溢满了眼眶。

再看下面这个故事。

他不会说话，虽然能听懂别人的话，却说不出自己的感受。她是他的邻居，一个和外婆相依为命的女孩，她一直喊他哥哥。

他真像个哥哥，带她上学，伴她玩耍，含笑听她“叽叽喳喳”讲话。他只能用手势和她交谈，可她能读懂他的每一个眼神。从他注视她的目光里，她知道他有多么喜欢自己。

后来，她考上了大学，他便开始拼命地挣钱，然后源源不断地寄给她。她从没拒绝。终于，她毕业了，参加了工作。然后，她坚定地对他说：“哥哥，我要嫁给你！”

他像只受惊的兔子逃掉了，再也不肯见她，无论她怎样哀求。她这样说：“你以为我同情你吗？想报答你吗？不是，从12岁我就爱上你了。”可是，她还是

词语百宝箱

溢满　注视

源源不断

得不到他的回答。

有一天，她突然住进了医院。他吓坏了，跑去看她。医生说，她喉咙里长了一个瘤，虽然切除了，却破坏了声带，可能再也讲不了话了。病床上，她泪眼婆娑地注视着他。

于是，他们结婚了。很多年过去了，没有人听他们讲过一句话。他们用手、用笔、用眼神交谈，分享喜悦和悲伤，他们成了相恋男女羡慕的对象。人们说，那是一对多么幸福的哑夫妻啊！

爱情阻挡不了死神的降临，他撇下她一个人先走了。人们怕她经受不住失去爱侣的打击纷纷来安慰她。这时，她收回注视他遗像的呆痴目光，突然开口讲话："爱人已去，谎言也该揭穿了。"

人们惊讶之余，都感叹不已，这是一份多么执着的、深厚的、像童话一样的爱呀！从此，她不再讲话，不久也离开了人世。恋爱中的男女仍会拿他们当作谈论的话题，他们常说："你听过那对哑夫妻的故事吗？"

真情感悟

生活中，很多男女结婚以后，没有了婚前的激情，不再有所谓的爱情。其实，婚后两人牵手走过风、走过雨，这本身不仅是一种神圣的责任，也是一种伟大的爱。

心中的爱神

女孩却把那枚攥得温热的一元硬币递到了男孩手里，原来它是由两枚背对背的硬币紧紧黏合成的。

有一对感情甚笃的恋人，当他们俩正在幸福地忙碌着筹备婚礼时，男孩意外地被检查出患有胸腔外部肿瘤。这是一个令人无法面对的残酷的事实，死亡正向他的生命逼近。

那是一个阴雨连绵的下午，男孩痛苦地思考了许久，终于鼓足勇气对身旁的女孩说："现在，我们俩还是分手吧……"女孩却坚决地朝他摇了摇头。

沉默了一会儿，女孩忽然微笑着问男孩："你说世上有没有爱神存在呢？"

男孩看着她那近似幼稚的神情，苦涩地笑着摇了摇头。

女孩却异常自信地说："我想一定有！爱神一定会庇佑我们的爱情。"说完，女孩从衣兜里掏出一枚一元的硬币，捧在手里，然后，她虔诚地闭上眼睛对男孩说："我跟爱神许五个愿，如果她同意，就让硬币的正面朝上。"

当女孩许下第一个愿，把那枚硬币抛在男孩病床旁的茶几上面时，果然正面朝上。女孩激动地对男孩说："你看，爱神已经答应我的第一个心愿了！"女孩又连续抛下四次，每一次的结果都是正面朝上。男孩激动得热泪盈眶，他紧

词语百宝箱

甚笃　残酷
幼稚　苦涩

紧地抱住了女孩……

后来，男孩被确诊为良性肿瘤，手术进行得也很顺利，不久，他便恢复了健康。

在他们俩的婚礼上，男孩幸福地吻了一下女孩的面颊，轻声说："我们应该感谢爱神的庇佑。"女孩却把那枚攥得温热的一元硬币递到了男孩手里，原来它是由两枚背对背的硬币紧紧黏合成的。

男孩把那枚特殊的硬币贴在胸口上，声音哽咽地告诉女孩："其实，你在我面前许愿的那一刻，我就已经知道你拿着的是一枚特殊的硬币，但也就是从那一刻起，我才知道世上真的有爱神存在，她就在我们俩的心里！"

真情感悟

有些事我们永远无法忘记，有些情感我们永远无法释怀。因为有爱，所以一切都是一道亮丽的风景，永远驻留在我们的生命中。

加盐的咖啡

我真的没想到，我会因此喝了四十年的加盐咖啡。

在我们身边常常发生一些令人动容的故事，也许在你身边也有这样的故事。

当时，还很年轻的男人和女人相遇在一个舞会上。男人非常喜欢这个女人，聚会结束时，他向她发出了邀约。出于一种基本的礼貌，她并没有拒绝。

于是，男人带着她，去了一家咖啡馆小坐，两个人各点了一杯咖啡。气氛是静默的，甚至有些紧张。

这个时候，男人忽然对服务生说："请拿一些盐过来。"

服务生和女人都对男人提出的要求感到惊讶。她问："难道是往咖啡里加盐吗？"

"是啊。"男人的回答是肯定的。

女人和身旁的服务生都笑了。多可爱的人啊，一个可爱到要往咖啡里加盐的男人，可又是那么真诚、认真。

词语百宝箱

邀约　静默

先前两个人之间有些静默甚至紧张的气氛，骤然变得松弛，于是有了一些对谈。女人还是抑制不住唇角的笑意，但她很认真也很好奇地问男人在咖啡里加盐的习惯是怎样形成的。

词语百宝箱

抑制　幽暗　憨态
嬉戏　破例　庆幸

在咖啡馆幽暗的光影里，男人有着微微的憨态，唇边挂着淡淡的微笑。他对面前的女人说自己从小生活在海边，是渔民的儿子，从小到大就是在咸咸的海水里嬉戏。长大离家，回家的次数减少，便逐渐习惯在城市中生活时往咖啡里加盐。那种咸咸的味道，令他常常想起小时候在故乡海水里的盐粒沾在唇角的滋味，那里面有故乡的气味。他习惯用这样的方式来寄托在城市里的乡愁。

咖啡馆里，男人寥寥几句话，让女人听得感怀万分。因为她一直觉得会思念故乡的男人是很顾家的男人，而这一点其实也是她找寻男友的一个必备条件。另一方面，她自己也是一个远离故乡多年、常常乡愁无法诉说的女子。

仿佛遇到了知音，在温暖的咖啡馆里，两个人谈到在故乡的点滴往事，都感怀不已，两颗心的距离，立时便被拉得很近。

那一夜，女人还破例接受了男人送她回家的请求。

恋情就此开始。于是，两个人有了越来越多的约会。

他们依然常常去咖啡馆。在不同的咖啡馆里，每回在别人惊诧的目光中，女人都会温柔地对那里的服务生说：“拿点儿盐来，我的男朋友很喜欢往咖啡里加盐。”

女人的言语间，流露出自豪、温暖的神情。有时她亲手替男人把盐加到咖啡里，看着男人一口一口地喝下，心里会暗自庆幸自己当时因为礼貌没有拒绝男人的第一次邀约，要不，就真的错过这样一个体贴的恋人。

两年后，男人和女人如愿结婚。果然是幸福而安逸的，一过就是四十年。遇上这样一个男人，是女人觉得自己一生里做的最满意的一件事。那是男人和女人婚后的第四十个年头，他和她在漫漫的人生岁月里，已经手牵着手，从年轻幸福走向苍老。

> **词语百宝箱**
>
> 安逸　颤动
> 祥和
> 一生一世

也是在这一年，男人得了一场重病，入院治疗，然而，他还是在不久后离开了女人。

女人的悲伤就不必说了。

葬礼后的一个阳光很好的清晨，女人在屋内整理着男人的遗物，她发现了男人留给她的一封信。女人头上的白发在细细的晨风里，轻轻地摇动，然后，她颤巍巍地展开了那封信。

男人在信里对女人说——

亲爱的，请你原谅我。当你看到这封信的时候，我已经死了。而死人总是容易得到原谅的，不是吗？

我骗了你四十年。

因为我从来都是一个不喜欢喝加盐咖啡的男人。当年我们的第一次约会，静默而紧张，我心里不安，才临时想出了那样一个往咖啡里加盐的话题。

那时，我真的没想到，我会因此喝了四十年的加盐咖啡。

这么多年以来，我一直想告诉你真相。亲爱的，你会原谅我吗？

女人拿信的手，微微地颤动，表情却是幸福而祥和的。

男人或许不会知道女人当时的心情，其实，她早已经原谅了他。她多想告诉他自己是多么高兴和感动，有人为了她，能够做出这样一生一世的欺骗……

真情感悟

只因一个小小的谎言，故事中的男人为了爱人心甘情愿喝了几十年自己不喜欢喝的咖啡。爱的谎言是美丽的，是值得谅解的。

无光的意境

盲女喜出望外，兴奋得两手发抖，但她很快又冷静下来：自己一旦复明，不就会像别的女人一样，在大街上左顾右盼，用眼光亲吻满世界的俊男。

见过她的人，都说她长得美。可惜她与丈夫都是盲人，但他们生活得很幸福，恩爱有加、心心相印，在无光的世界里寻找着人生的亮点。温馨的生活像一条透明清澈的小溪，在夫妻间静静地流淌。终于有一天，小溪泛起了微澜。

这天傍晚，丈夫像喝多了酒，进门便高声喊："我快要摆脱黑暗了，医生说我复明有望！"

盲女高兴极了，她动情地分享着丈夫的喜悦。

"到那时，我会带你满世界游个够。"

盲女听着听着，脸上的喜悦渐渐消失了。

次日，她找到那位医生，落实丈夫所言。

医生问："你希望你的丈夫复明吗？"

盲女点点头。医生提醒说："据我所知，在众多盲人夫妻中，若一方复明，极有可能会抛弃对方。你是否想过这一点？"

词语百宝箱

心心相印
透明清澈
微澜

盲女说："即使真的出现那种情况，我也无悔。只要他能够复明，我自己宁愿独守漆黑的世界。"

医生感叹不已，但又不得不告诉盲女，她的丈夫无丝毫复明的希望，当时由于怕其伤心，自己才未讲明实情。

> **词语百宝箱**
>
> 指日可待
>
> 左顾右盼

盲女压根儿不愿接受这个现实。丈夫是个血性男儿，刚刚燃起的复明之火瞬间熄灭，他一定会绝望得发疯。她恳求医生永远向丈夫隐瞒实情，以慰藉他那颗渴望复明的心。

医生被盲女的诚心所感，答应了她的请求。这时，医生突然发现盲女的瞳孔中有亮点闪动，这是复明的先兆。"啊，小姐的眼睛倒是有望复明。"医生检查后惊喜地告诉盲女，只要认真接受治疗，复明指日可待。

盲女喜出望外，兴奋得两手发抖，但她很快又冷静下来：自己一旦复明，不就会像别的女人一样，在大街上左顾右盼，用眼光亲吻满世界的俊男。自己能够抵挡得住诱惑吗？或许有一天，自己可能会背叛丈夫，成为他人之妻。把丈夫一个人留在无奈的漆黑世界里，岂不是太残酷、太无情了！

盲女回到家里，没有遵医嘱用药水点眼，也没有如约接受治疗。她让复明之火在时光的默默流逝中自行泯灭。

丈夫渴望复明，情绪一直处于亢奋状态，他常向妻子描绘想象中的未来。盲女总是很认真地听，有时还与丈夫一起想象、一起描绘。他们俩依恋如初，甜蜜依旧，在无光的意境中构筑着独特的两人世界。

真情感悟

纯洁的爱情，不应有任何玷污，它是一块天然的不用雕琢的美玉。而拥有抵抗诱惑力量的人是爱情的天使，是令人一生尊敬的爱情守护者。

一把钥匙

阿芳的父亲最终把钥匙还给了小张。从此以后，他不再给女婿送米了。

小张和阿芳结婚四年了。四年来，他们经常为一些鸡毛蒜皮的事吵吵闹闹。

这天阿芳回娘家，小张下班回来发现钥匙弄丢了，进不了门。他费尽周折，最后才在邻居那里“借”来一个特别瘦小的孩子，让孩子从防盗窗的空隙钻进去，打开房门。

小张知道小抽屉里还有一把备用的钥匙，他拉开小抽屉，却没见到钥匙。等妻子回来后，小张就问：“阿芳，小抽屉里的钥匙呢？”阿芳不高兴地说：“我把钥匙给我父亲了。怎么，这你也要管？怕我父亲开门来偷东西？你放心吧，我父亲不是贼。”小张本来想告诉妻子，说自己今天丢了钥匙，可听到妻子一开口火气就这么大，他就懒得说了。

阿芳的嘴却不懒，她爱说话。阿芳把小张追问钥匙的事告诉了母亲。阿芳的母亲赶紧对丈夫说：“老头子，你快点儿把钥匙还给小张。万一他家里丢了什么东西，你跳进黄河也洗不清。”阿芳的父亲生气地说：“我要他的钥匙是为了送米给他的时候方便进门，谁偷他的东西啦？”老人

词语百宝箱

鸡毛蒜皮
费尽周折
空隙　备用

种有几亩田，常常送米给女婿。

阿芳的父亲最终把钥匙还给了小张。从此以后，他不再给女婿送米了。阿芳的父亲心中愤愤不平，一见到熟人就把他送米给女婿反而被女婿当作贼的事讲一遍。讲完后，他还总是叹气说："唉，我真是瞎了眼，把女儿嫁给这么缺德的人。"

不久，阿芳父亲的话传到了小张的耳朵里，他气呼呼地质问岳父："你怎么骂我缺德？"阿芳的父亲说："你就是缺德，我当初把阿芳嫁给你真是瞎了眼。"小张说："嫁错可以离婚嘛！"阿芳的父亲说："离就离！"

阿芳却不想离婚，她拉住小张的衣袖说："如果你改正，我愿意跟你过一辈子。你快向老爸认个错吧。"小张说："你们把污水泼在我身上，还要我认错，岂有此理！"阿芳生气地说："你不要抵赖了，现在谁不知道你把我父亲当作贼？"小张说："算了算了，我怕你，我走。"

离了婚后，小张和阿芳才想：到底为什么离婚呢？好像只为一把钥匙，又好像为了很多。

真情感悟

婚姻的维护需要相互信任、坦诚，与人沟通才能持久。仅因一个小小的误解就结束美满的婚姻会让人悔恨不已的。

大海般的爱

当死亡如海啸般决堤而来，她被抛在孤岛中央，人群簇拥着前来看望，又随即匆匆离去，她与人世隔着浩瀚的大海。

一春的花，在那一瞬间凋谢了。医生面色凝重地宣布：“白血病。”尖叫、震惊、拒绝相信，她终于失声啜泣。身边，默默伸出一双关爱的手。

他是她的熟人，随她的同事一同前来探望，却在众人走后留了下来，也不多说什么，只沉静地为她拭泪：“不要怕！”

当死亡如海啸般决堤而来，她被抛在孤岛中央，人群簇拥着前来看望，又随即匆匆离去，她与人世隔着浩瀚的大海。只有他，每天都来，捧一束芬芳的小花，为她擦汗，在她因为化疗而脱成枯草的发上别一只红苹果发夹，轻轻地抱一抱她单薄如蜻蜓的肩胛。

而在她最绝望的时候，他有着那样沉毅的面容：“坚持下去，总会有希望的，你还这么年轻。”他的臂膀那样有力，好像可以在上面靠一生。

为了他眼中的温存，她不舍得死。终于支撑到五月熏风，她双颊重又泛起桃红，最后的结论出来了：“贫血。”

词语百宝箱

凝重　啜泣
决堤　簇拥
沉毅

她扑进他怀里，惊喜得语无伦次，第一个把这消息告诉他。他却紧紧拥住她，缓缓滴下泪来。

所有人都以为是一场穿越生死的爱情，他却悄然离去。很久之后她才知道，就在半年前，下着第一场雪的冬日，他的女友离去了——白血病。他并没有哭，却在她的葬礼上说："我对你的爱，永存！"

有一种爱，像遥远的大海，即使被酷日蒸干了水分，它仍会化作甘霖，遍洒饥渴的大地。

词语百宝箱

语无伦次

悄然　甘霖

真情感悟

一个人心中应当有爱，爱是内心不熄的火焰，是照耀生命的阳光，是人生旅途中最坚韧和最持久的力量，是与生命和死亡抗争的信仰。

真正的爱，在自己心间

老人一字一句地对我说："她的确已经不知道我是谁了，但是，我却清楚地知道她是谁啊！"

那是一个忙碌的早晨，大约8点半，医院来了一位老人，看上去八十多岁，是来给拇指拆线的。他急切地对我说，9点钟他有一个重要的约会，希望我能照顾一下。

我先请老人坐下，看了看他的病历。我心想，如果按照病历，老人应去找另一位大夫拆线，但那至少得等一个小时。出于对老人的尊重，正好我当时又有一点儿空闲时间，我就来为老人拆线。

我拆开纱布，检查了一下老人的伤势，看到伤口基本上已经痊愈，便小心翼翼地为老人拆了线，并为他敷上一些防止感染的药。

在治疗过程中，我和老人攀谈了几句。我问他是否已经和该为他拆线的大夫约定了时间。老人说没有，他知道那位大夫9点半以后才上班。我好奇地问："那你还来这么早干什么呢？"老人不好意思地笑道："我要在9点钟到康复室和我的妻子共

词语百宝箱

尊重　攀谈

进早餐。”

这一定是一对恩爱的老夫妻，我心里猜想，话题便转到老人妻子的健康上。老人告诉我，他妻子已在康复室待了相当长一段时间，她患了老年痴呆症。谈话间，我已经为老人包扎完毕。我问道：“如果你去迟了，你的妻子是否会生气？”老人解释说：“那倒不会，至少在五年前，她就已经不知道我是谁了。”

我感到非常惊讶：“五年前就已经不认识你了？你每天早晨还坚持和她一起吃早饭，甚至不愿意迟到一分钟？”

老人笑了笑说：“是啊，每天早上9点钟与我的妻子共进早餐，是我最重要的一次约会，我怎么能失约呢？”

“可是她什么都不知道了啊！”我几乎脱口而出。

老人再次笑了，笑得有点儿甜蜜，仿佛又回到了几十年前两人恩爱无比的甜蜜日子里，老人一字一句地对我说：“她的确已经不知道我是谁了，但是，我却清楚地知道她是谁啊！”

真正的爱，未必浪漫，但一定是真挚的；真正的爱，在自己心间。

真情感悟

真爱就是这样的，让你永远都不明白，其实，并不是轰轰烈烈的爱才叫爱，平平凡凡的爱更值得品味，更经得起考验。

执子之手，共度此生

我没有更多的希望——也许只有一件事，那就是摸着你的手、照顾着你，走完这一生一世。

清晨6点，天空灰暗而宁静。西尔玛·瑞尔特，一个77岁的小个子女人，通常会在那个时候坐在屋后的台阶上看日出。两只紫色的金丝雀在她的头顶上空盘旋，西尔玛经常比这些小鸟起得还要早。她通常要在半夜里起来照顾她的丈夫威尔伯，在那之后，她很少再回到床上去睡觉，而是去擦浴缸或是架子上的灰尘。自从威尔伯十年前出事后，西尔玛白天就没有什么时间干家务活了。

由于腿部患有严重的关节炎，西尔玛走路很不方便。在厨房里，磨咖啡的机子快乐地唱着歌，西尔玛熟练地在为威尔伯准备草莓汁和麦片粥。

通常，当西尔玛走进前面的卧室里的时候，放在壁炉架上的时钟指针正好指向7点。她丈夫的呼吸很重，他的眼睛紧闭着。威尔伯似乎是睡着了，但是他说："我醒着呢。"

西尔玛笑了："我给你拿来了毛巾和眼药水。"威尔伯用一只手拿着温热的毛巾擦脸。自从他的左胳膊在一次严重的劳动事故中受伤到现在，威尔伯只能用一只手做所有

词语百宝箱

灰暗　温热

事情。更不幸的是，六个月前，由于血液循环不顺畅，他的右脚经常疼痛，最终不得不被切除掉。

“我确实没有必要再活下去了，对吗？”有一天他说。西尔玛用手拍着他的胸口说道:“最好的一部分还在这儿。”西尔玛用力把她的丈夫从床上扶起来。威尔伯的眼睛像铁屑追随磁铁一样追随着西尔玛。现在，威尔伯和西尔玛谁也离不开谁。她是他的动作，而他，则是她运动的原因。

在浴室里，西尔玛为她的丈夫刮胡子，为他梳洗。然后，他们一起到厨房里去，坐到散发着各种香味——热咖啡和清凉的洗脸液的香味的餐桌边。喝过麦片粥和牛奶之后，西尔玛和威尔伯一起祈祷：“我们的神父，感谢你赐予我们食物……”祈祷还没有结束，眼泪就顺着威尔伯的脸颊流了下来。

在静静地喝完两杯咖啡之后，他说：“如果你早知道事情会糟糕到这样的地步，那天你也许就不会说‘我愿意’了。”

西尔玛透过她那深度的老花眼镜看着他。

“你知道吗？能够看到你的笑容和你正在看着我的蓝色眼睛，就值得我付出一切。我没有更多的希望——也许只有一件事，那就是攥着你的手、照顾着你，走完这一生一世。”

真情感悟

真正的爱情不是累赘，而是荣辱与共、生死相依。也许经过岁月无情的洗礼，爱情已经褪尽了激情的色彩，但有一点却永远不会丢失，那就是人性的关怀和共度此生的约定。

第四章

一起前行，朋友之间需要相互支持

友情
是生命里的一缕
阳光
是沙漠里的一泓
泉水
使濒临绝境的人
充满希望

只想真正帮助你

李红说:"我宁可不要老师表扬我，我只想真正帮助你，提高你的学习成绩。"

李红和张影是同桌。李红的学习成绩在班里名列前茅，而张影成绩却一直不稳定，时好时坏。有一天，老师说："李红，张影这几天作业很糟糕，一时好，一时坏，我怀疑她抄别人的作业。你们是同桌，张影很聪明，你帮帮她，好吗？"李红说："好。"

李红和张影家就在一个小区里，但平时却很少来往。受了老师的委托，李红就约张影来自己家做作业。

一个星期很快就过去了。周六上午，李红给张影打电话，张影说家里有事，今天不能来李红家做作业，明天再来。

星期天上午张影没有来，下午也没来，李红担心她家有什么事，正准备打电话时，张影来了。

张影倒也坦率，一来就说昨天和今天一直在上网，又讲了一些网上的热闹给李红听，然后，要李红借作业给她抄一下。张影说得很随意，看来，张影抄作业不是一次两次了。

李红说："抄作业不行，但我可以陪你做作业。"

词语百宝箱

名列前茅
委托

张影说：“都什么时候了，明天还要上学呢。”

李红说：“抄作业对你一点儿好处都没有，长期下去，会害了你的。”

张影说：“没关系，就这一次，明天老师就会表扬你帮助得好。”

李红说：“我宁可不要老师表扬我，我只想真正帮助你，提高你的学习成绩。”

张影说：“你不借我抄算了，我借别人的去。”说完就赌气走了。

从第二天起，张影就不理李红了。李红心里很不是滋味。下午放学后，没见张影来做作业，爸爸很纳闷儿，李红把这件事告诉了爸爸。爸爸说：“你做得对，真正想帮她，就得为她的长远打算。别灰心，她会理解你的。你不可以不理她，你要主动帮帮她。”

第二天，班上进行单元测验，张影考得很差，还偷看别人的试卷。老师把她们俩叫到办公室，老师问：“李红，你是怎么帮张影的？”李红立即说：“老师，都是我不好，我光顾自己学习了，没顾得上好好帮张影。但老师请你再给我一次机会，我保证她下次考出好成绩。”张影听完哭了。

那一阵子，李红每天帮张影补课，一块儿做作业。张影好像明白了什么，她再也没有要求抄作业。

到期终考试结束的时候，张影说：“谢谢你帮我，使我取得了好成绩。”李红说：“我在帮你的时候，也在不断地复习和巩固，我还得谢你呢。”

那一天，阳光好明媚。

真情感悟

也许，你的真诚帮助在短时间内会遭到误解，但请不要放弃，你的帮助会浇灌出友谊之花，你的帮助会谱写你和他人的辉煌。

能借我两个鸡蛋吗

“她并不是真的需要鸡蛋，”汤姆说，“她只是想跟你妈妈交朋友！”

“怎么了，鲍勃？”妈妈问，“你为什么那么不高兴？”

“没人跟我玩。”鲍勃说，“我真希望我们还是住在盐湖城没有搬来。我在那儿朋友多。”“在这儿，你很快会交上朋友的。”妈妈说，“等着瞧吧！”就在这时，响起了轻轻的敲门声。米勒太太打开门，门口站着一位红发妇女。“你好，”她说，“我是凯里太太，住在隔壁。”“进来吧。”米勒太太说，“我和鲍勃都很高兴你来。”

“我来借两个鸡蛋，”凯里太太说，“我想烤个蛋糕。”“我可以借给你，”米勒太太说，“别着急，请坐一坐，我们喝点儿咖啡，说会儿话吧。”那天下午，又有人敲门。米勒太太打开门，门外站着一个满头红发的男孩。

“我叫汤姆·凯里。”他说，“我妈妈送你这个蛋糕，还有这两个鸡蛋。”“哎呀，谢谢，汤姆。”米勒太太说，“进来吧，和鲍勃认识认识。”汤姆和鲍勃差不多一样年龄，不一会儿，他们吃起了蛋糕，喝着牛奶。鲍勃问：“你能待在这儿跟我玩吗？”汤姆说：“可以，我能待一个小时。”“那么，我们打球吧。”鲍勃说，“我的狗也想跟着一起玩。”

汤姆发现跟小狗一起玩很有意思，他自己没有狗。

“我很高兴你住在隔壁。”鲍勃说，“现在有人跟我玩了。”“妈妈说我们很快会成为好朋友的。”汤姆回答说。鲍勃说 :“我很高兴你妈妈需要两个鸡蛋。”汤姆笑了。

“她并不是真的需要鸡蛋，”汤姆说，“她只是想跟你妈妈交朋友！”

真情感悟

如果想赢得别人的友谊，与别人建立良好的人际关系，摆脱孤独的折磨，就必须创造机会，主动和别人交往。

一瓶“水酒”

这些年来，我走了很多地方，喝过各种各样的酒，但是，没有一种酒比今天的酒更好喝，更有味道，更让我感动……

有一个富翁，年轻时家里很穷，他的父母都是农民，他从小就生活在饥饿和窘迫之中。节日的花衣服、过年的压岁钱、喜庆的爆竹、父母的呵护……这些本该属于孩子的专利，都与他无缘。

最使他难忘并终生感恩的是小伙伴们对他无私、真诚的帮助和呵护。只要小伙伴手里有两块糖果，肯定就会有他的一块；伙伴手里有一个馍馍，那肯定有他的一半。在贫穷和饥饿之中，还有什么比这更宝贵的东西呢?

一眨眼三十年过去了。在这段时间里，世界上的许多事情都变了模样。此时，富翁步入中年，外出闯荡的他已今非昔比。三十年的奔波劳碌、摸爬滚打，算计别人也被别人算计，富翁一路风尘地走了过来，成为一个稳健、精明、魅力非凡的企业家。有一天，少小离家的他动了思乡之念，于是，在一个艳阳高照的日子里，富翁回到了家乡。当日，他走遍全村，感谢叔伯大爷、兄弟姐妹这些年来对父母的照顾，并每家

词语百宝箱

喜庆　专利
无缘

送了一份礼品。夜里，富翁在自家的堂屋里摆桌请客，赴宴者全是从小光着屁股一块儿长大的玩伴，他们自然也是四十几岁的中年人了。

词语百宝箱

一饮而尽　面面相觑
面红耳赤　情难自抑

按那里的风俗，赴宴者都要带点儿礼品表示谢意。大家来的时候，都带着礼品，有的还很丰厚。富翁令人一一收下，准备在宴席之后，请大家带回。当然，还有自己馈赠的礼品。

正在大家热热闹闹、布菜斟酒的时候，门开了，一个儿时旧友走进门来，他的手里提着一瓶酒，连声说："对不起，我来晚了。"

大家都知道这个朋友日子过得很艰难，其情其境，一点儿不亚于富翁儿时。富翁起身，接过朋友提来的酒，并把他拉到自己身边的座位上坐下，朋友的眼里闪过几丝不易觉察的慌乱。

富翁亲自把盏，他举着手里的酒瓶，说："今天，我们就先喝这一瓶酒，如何？"一边说，一边给大家一一倒满，然后他们一饮而尽。

"味道怎么样？"富翁问，所有赴宴者面面相觑，默不作声。旧友更是面红耳赤，低下了头。

富翁瞧了一眼全场，沉吟片刻，慢慢地说："这些年来，我走了很多地方，喝过各种各样的酒，但是，没有一种酒比今天的酒更好喝，更有味道，更让我感动……"说着，站起身，拿起酒瓶，又一次一一给大家斟酒，"再干一杯。"

喝完之后，富翁的眼睛湿润了，朋友也情难自抑，流泪了。

他们喝的哪里是酒，分明是一瓶水啊！

世界上还有比这更感人的场面吗？还有比这更宝贵的东西吗？朋友不以贫穷自卑，提一瓶水也要去看看儿时的朋友；发迹的富翁不忘旧情，不以为忤，反而大受感动，情不自禁，以至于落泪，这瓶"水酒"真的是含着重如泰山、穿越世俗的真情啊！所以，当我们身左身右的人在人生路上遇到艰难，陷入泥泞时，朋友，请伸出你的手来，把你的温暖、关怀送给他们，把真情送给他们，他们将因此而拥有笑迎风雪的勇气和力量……

真情，是人世间永远的太阳！

真情感悟

朋友之间，从来不会计较贫富差异，从来不会因为外在的东西而心存芥蒂。

朋友在我们心中有多重

这时放弃是一种痛苦，争取是一种背叛。可如果再等下去，我们可能会都找不到着落。

考入大学后我认识的第一个女孩子就是晓庆。那时是夏天，江城的热气正浓，她一袭白裙，文文静静、纤纤弱弱的，我一看她热意便减了三分。她在宿舍楼前接我，帮我提行李。“我们要在一起住四年。”她微笑着说。

自然而然地，我和她成了密友，吃一样的饭菜，梳一样的发型，偶尔也穿一样的衣服。有一次和她去听一位名教授做报告，旁边一位男生忸怩半天塞过一张纸条：请问你们是孪生姐妹吗？我和晓庆相视而笑。回到宿舍照镜子，比较了好半天，我们也没发现鼻子、眉毛、眼睛、嘴巴有半点儿相似之处。不过再看她讨人怜爱的模样，我也在心里窃喜。这感觉如同刚买回一件新衣，一回头在大街上见另一人穿了同样的衣服美得无以复加，自己便也轻飘飘地觉得自己有眼光起来。

晓庆心细如丝，我心粗如绳。我总是丢东西，小到一把钥匙，大到一把新伞。她总是提醒我，帮我拾回。

词语百宝箱

忸怩　相视而笑

词语百宝箱

垂头丧气　自相残杀
势均力敌

我便乐得撒手不管了。有一回下了很长时间的雨，天晴后我晒被子。那天是周末，我去参加一位高中同学的生日宴会，回到宿舍时已是晚上。我坐着和室友们闲聊，11 点上床，猛抬头发觉我的铺上少了什么东西。我大惊失色，可又不好意思叫嚷，开门狂奔下楼，可铁丝上早没了我那床棉被的影子。我垂头丧气地回到寝室，见晓庆正得意地笑。“这一场虚惊，是让你长个记性，”她说，“下次打死我，我也不帮你收了，将来谁娶你，真是瞎了眼。”说着，从床角抽出我的被子，我讪讪地笑道：“谁叫我有这个福气呢！”

就这样我和她携手一直走到大四。大四那年找工作，很多单位对女孩子亮起了“红灯”。我们是师范院校的非师范生，自然就更处于劣势。武汉地区高校的人才交流会开了七天，我和晓庆不歇气地跑了七天。她说：“如果我们能去同一个单位就好了。”后来我和她去一家单位投推荐表，招聘人员说：“你们是一个班的，最好不要在一个单位竞争，这样容易‘自相残杀’。”我和她不信。那个单位要两个人，我和她势均力敌。

最后我说了一句蠢话：“你们要么把我们都要了，要么都拒绝。”结果我们双双落选。已经碰了很多次壁，我的信心已如那残存在江城的 10 月的暖意，一点点地消逝了。我烦躁不安，每天醒来都觉得如石压心。晓庆安慰我：“没什么大不了的，车到山前必有路，你没见往届的分配形势吗？越到后面好单位越多。”

我知道她也是想安慰自己，我便竭力相信。我们每天都三番五次地去看走廊里的那块小黑板，小黑板上隔几天便会有分配信息公布，她比我乐观，她说：“你看你看，不是又有新单位来要人了吗？我们还是有希望一起‘继续干革命’

的嘛！”我苦笑，那些单位是别人的单位，我后悔我选错了专业。

好在 3 月接近尾声的时候，又来了一家对口的单位。我和晓庆去应聘，招聘人员一遍又一遍地翻看着我们的自荐材料。“都不错。”他点头，“可是，我们只能在你们俩中选一个。”

招聘人员留下了我们的应聘材料，说是再比较比较。我和晓庆回学校，一路无话，一种只可意会的尴尬在空气中滚动。生存是最现实也是最无情的东西，我和她都知道，却不能多说什么。这时放弃是一种痛苦，争取是一种背叛。可如果再等下去，我们可能会都找不到着落。那一夜难眠，我一直听着她辗转反侧的声音。我想我该放弃，毕竟，知己难得，可我又真的害怕会留下终生的遗憾。

第二天早上起来，晓庆黑了眼圈。“你去吧。”晓庆说，“我放弃，我们不能死在一块儿，还是先解决你吧。”

我想到我的患得患失，便有了许多愧疚，觉得自己不配做晓庆的挚友。我执意不让她放弃。

“要么我放弃，要么我们公平竞争，由他们裁决。”我对她说。她点头同意公平竞争。三天之后，面试通知来了，晓庆却默默地收拾起了行装。她说她要回家一趟，她们家帮她找了个好单位，错过这个机会就晚了。

晓庆的谎言，我一眼就能识破，同室四年，我能破译她的每一个眼神。我竭力挽留，可她让我看她的车票。“我得抓住这个机会，我们家在县城，我去找工作比你容易。”

我想哭，却没有泪。晓庆走了，我留了下来。当面试已通过的通知传来时，我的心却如铅一样沉重。晓庆最终回了家乡。毕业会餐，我和她对饮。我从来不知道，我可以喝那么多那么多的酒。

晓庆说："酒逢知己千杯少啊！"

我的泪，便和着酒汹涌而出。

真情感悟

在这个竞争激烈的时代，一份工作意味着太多太多的东西，也许它会直接影响一个人一生的生活。也正是这样，才衡量出了友谊的珍贵和重量。

怕，我也要去

这时，球场看台上飞快地跑来一个人影。他冲上来，对那个男生说：“球根本没砸到你，你别欺负人！”

校园的球场上，一群十多岁的小男孩正在快乐地踢着足球。看台上，坐着几个小观众，他们目不转睛地盯着球场，比赛场上的球员还紧张。

大伙儿玩得正高兴时，一位同学用力过猛，把球踢到了场外的小路上。这时迎面来了三个高年级的男生，足球不偏不倚，正好落在他们的脚下。

这些男生顿时玩兴大发，在小路上玩起了足球。球场上的男孩们着急了，其中一个跑过来要球。可是那些男生装作不知道：“什么？这球是你们的？上面写了你们的名字吗？”

“这，这球确实是我们的，他们都可以做证。”小男孩一边说一边向球场上的同伴们招手。

“你叫那么多人干什么？是不是想打架？告诉你，你的球砸到我了，你要道歉。”

一个高大的男生凶恶地做了个鬼脸，并装出一副要打人的架势。

小男孩害怕了，他怯怯地说：“有，有砸到

词语百宝箱

不偏不倚　玩兴大发

> **词语百宝箱**
> 不识好歹　人仰马翻
> 挺身而出

你吗？”

“怎么没有？他们都可以做证。”那男生指着身后的几个同伴说。

“快点儿道歉！我的耐心是有限的。”高大男生边说边摁着小男孩的头。

小男孩的同伴们站在边上，都是敢怒不敢言。

那可怜的小男孩几乎要哭了。这时，球场看台上飞快地跑来一个人影。他冲上来，对那个男生说：“球根本没砸到你，你别欺负人！”

这个跑过来的小男孩叫文文，住在学校附近。因为从小有病，他身子瘦得可怜。学校一直拒绝让他入学，但他很向往学校的生活，经常到球场来玩。久而久之，他和这些踢球的小男生们成了好朋友。

高大男生起先一愣，然后就是一阵哈哈大笑：“就你这样还敢来向我挑战？走开，别多管闲事！瘦骨嶙峋的小东西。”

可是文文一点儿也没退让，他咬着嘴唇说：“你们太欺负人了！”

“你这不识好歹的家伙。”高个子男孩放开那个小男孩，一把揪住文文的衣领，把瘦弱的他提了起来。

周围的男孩们愤怒了。他们一拥而上，攥胳膊的攥胳膊，抱腿的抱腿，把那几个男孩撞了个人仰马翻。不一会儿，学校的老师闻讯赶来，他们处分了这几个高年级的男生。而挺身而出的文文，则成了大家心目中的英雄。

为了表彰这个勇敢的男孩，学校决定破例让他入学。

后来大伙儿问文文当时怕不怕，他说：“怕，可是我还是要去，因为我们是朋友！”

真情感悟

自己有难的时候，那个能挺身而出的朋友，一定是你最值得信赖的朋友！

友谊无价

你别激动，你真以为那个老乞丐是要饭的？他实际上是欧洲首富。如果他愿意，他明天就可以买下整个伦敦。

安格是个英俊的小伙子，唯一遗憾的是他很穷。

这些日子，小伙子很苦恼。

他与娜拉姑娘热恋着，想要娶她，可是她的父亲非常强硬，说没有 1 万英镑别想娶他女儿。

这天，他来到好友阿兰家。阿兰是个画家，安格走进了阿兰的画室，见阿兰正给一个老乞丐画像。

那乞丐站在一个台阶上，衣衫褴褛、一脸辛酸，穿着一件千疮百孔的外套，脚上是双旧靴子；一手拄拐，一手拿着乞讨用的破礼帽。

安格说："可怜的老人！你看他的神情多迷茫。对你们画家来说，他这张脸是罕见的。"

阿兰说："当然，你没见过哪个乞丐是笑哈哈的吧？"

安格问："他给你当模特能挣多少钱？"

阿兰说："每小时 1 先令。"

词语百宝箱

强硬　衣衫褴褛

辛酸　千疮百孔

安格又问：“那你这幅画能卖多少钱？”

阿兰说：“哦，有人出了2000英镑。”

安格有些不满：“这么说，那模特得的太少了，他工作得比你还卖力。”

这时，仆人进来，告诉阿兰有人找他。

阿兰出了门，那老乞丐找了张椅子坐下。

乞丐一脸的忧伤让安格感到不安，他把手伸进口袋里，里面只有1英镑整票和一些零钱。

他想：“可怜的老人，他一定需要钱，可这两个星期我也只有这些钱。”

安格把那1英镑钞票放进老人搁在台阶上的破礼帽里。老人见状从椅子上站了起来，微笑着说：“先生，谢谢你。”

等阿兰回来，安格已经离开了画室。

剩下的一整天，他都和娜拉在一起，两人都为只能帮助那老乞丐1英镑而觉得遗憾。

晚上，安格又见到了阿兰。安格问：“老乞丐画完了？”

阿兰说：“画完成了，也送走了。你今天见到的那个模特非常喜欢你，我对他说了关于你的一切，那老头儿还对你的婚事很感兴趣。”

安格笑笑：“你不该把我的私事也告诉他。”

阿兰说:“他已经对你那位残酷的岳父和那1万英镑的事知道得一清二楚。”

安格责怪阿兰：“以后不要把我的私事随便告诉别人！”

阿兰说：“你别激动，你真以为那个老乞丐是要饭的？他实际上是欧洲首富。如果他愿意，他明天就可以买下整个伦敦。”

安格笑了：“你不是在开玩笑？”

阿兰说：“不是，那老头儿就是巴荣·豪斯勃格，他几乎买下了我所有的作品。一个星期前，他要求我给他画一幅乞丐型的肖像，这些富人往往有这种怪癖。”

安格惊讶了："巴荣·豪斯勃格？天哪，我向他那顶帽子扔了1英镑！你如果早点儿把他的身份告诉我，我就不会做傻事儿了。"

阿兰说："安格，我可从没想到你会那么随便地对待口袋里宝贵的英镑，我能想象你亲吻一位女模特，却怎么也想不出你会把钱给一个丑乞丐。还有，你进来时，我并不知道那位富翁是否愿意让你知道他的身份。"

安格叹道："我的天，他会怎么样看待我？"

阿兰说："你不用担心，他很高兴。你走后，他一直在笑，我开始还不明白是怎么回事呢。我觉得那1英镑，会给你带来好运气。"

安格说："什么运气，我才不信！"

阿兰说："这其实表现了你的善良和乐于助人。"

第二天一早，当安格正迷迷糊糊地吃早餐时，一位老绅士敲开了他的门，递给他一个信封，说："巴荣先生让我把这个转交给你。"

信封上面写着："给安格先生和娜拉小姐的结婚礼物。"署名是"一个老乞丐"。

安格打开信封，里面是一张1万英镑的支票。

一星期后，安格和娜拉举行了婚礼，他们的证婚人是巴荣·豪斯勃格。

真情感悟

友谊的价值是不可以衡量的，它没有定价，它只存在于你的心中，是你一生的无价之宝。多献出你的一份爱心，也许生命中就能多一个真心的朋友，多一份幸运。

益友点亮生命

屋子里有一种黄昏时细致的、温暖的光泽，我非常满足，就再没有说一句话，直到和朋友挥手再见，那种安宁、满足的情绪一直充盈着我的心。

我觉得交朋友是快乐人生中的重要环节，一辈子如能得到几个知心的朋友实在是极大的幸福。

人生根据年龄和经历可以分成好几个不同的时期，每个时期都可能有不同的益友和损友。如果有一个朋友能陪你一起度过好几个不同的阶段，那便是你的幸运，并且是一份非常值得珍惜的幸运。

我就有几个这样的朋友，十几岁的时候就已认识，在不同的时期里还常常互通讯息。

有一次，一个像这样的、快二十年没见面的朋友要来看我，虽然我们都知道彼此这二十年来在做些什么，可是毕竟是二十年没见面了。

听说他要来，我很早以前就开始兴奋了。

那天早上接到他的电话，要我去龙潭的电信局接他，我和先生开车去，心里竟然紧张和害怕起来，我怕他变得太多，变得太老，我会觉得伤心，可是我又知道，二十年实在够长，够把一个人变老、变丑。

一直到车子开到龙潭那个小小的电信局前，我的心里还是忐忑不安。

> **词语百宝箱**
>
> 如释重负 欢欣
>
> 不可思议 狂热

我看到穿着灰色风衣的他走了出来，身旁是他的女伴，他的面容虽然和年轻时不大一样了，可是却很好看，有一种不凡的风采。当他微笑着和我打招呼时，我有一种如释重负的欢欣的感觉。

二十年的时间让我的朋友变得成熟，变得不凡，我真替他高兴。

回家以后，我给他看我的油画作品，然后再向我的先生、他的女伴诉说我们同学时期的种种不可思议的经历。

在那两三个钟头里，我们几乎处在一种狂热的状态中。

一直到下午带孩子们去吃冰激凌，坐在咖啡座上，我才觉得累了，一句话也不想再多讲，我告诉朋友："我好累，已经不想说话，我已经说够了。"

我的先生和朋友都很高兴地看着我。他们叫的咖啡很香，孩子们兴高采烈地吃着冰激凌，屋子里有一种黄昏时细致的、温暖的光泽，我非常满足，就再没有说一句话，直到和朋友挥手再见，那种安宁、满足的情绪一直充盈着我的心。

直到今天，每次想起那一场会面，我心里还有满足感。

真情感悟

很多东西会在时光隧道中被淡忘，被遗失，但真正的友谊是永不改变的，它会给我们的心灵带来极大的慰藉和欢欣，陪伴我们走过风风雨雨。

友情的翅膀

飞扬的青春总是会令我们忘记许多过去，年轻的感动虽然赤裸简单，但却像易碎的玻璃。

那天收到龙湖网友雨竹发来的短信：很久都没有见你上网了，都在忙些什么？一切可好？

那一刻，我觉得自己很幸福，很感动。

我一直认为世界上有两种情感是最可贵的：一种是爱情，一种是友情。

一直以来，朋友在我的生活中占据着十分重要的位置，就像我离不开舒缓迷幻、美妙绝伦的音乐和柔曼感性、色彩斑斓的文字一样。

对于朋友，我觉得只要真诚地付出，只要善意地拥有，那么生活应该是快乐而满足的。

高中住读，同寝室有一个叫孟非的同学与我很要好。

孟非是个十分善良的人。他特有的温文尔雅，叫我们所有的男生都自愧不如。他单纯的微笑，极具诱惑，平淡的眼神时时透出一种作为男性的

词语百宝箱

迷幻　美妙绝伦
柔曼　色彩斑斓
温文尔雅　自愧不如

优雅。

回想16岁的那段时光，真的是阳光灿烂的时期。一切都可以随意地想象，一切都可以随意地发生。不需要做任何解释，哪怕是轻烟一般一闪即逝的情景，也如繁华都市的霓虹一样美丽耀眼。

当时我曾傻傻地想过，如果孟非是个女孩就好了，这样成年以后我就可以娶孟非为妻，潇洒地生活一辈子。现在回想起来，年少时的想法既幼稚又不可理喻，既简单又复杂难懂。

从小到大，我就是个豪放率性的人。孟非的沉静与温柔，正好弥补着我性格中的不足。

孟非喜欢写诗，那些跳动的灵感，往往有一种惊心动魄的魔力。在孟非的影响下，我也开始试着写一些精致的文字。记得那时最喜欢看卢梭的书，他的散文集《漫步遐想录》，还是孟非送我的生日礼物呢。书中卢梭过于成熟、过于忧郁的思想，让年少的我有时处于恍惚的慵倦中，但卢梭文字中最纯真的状态，也给我的心灵深处带来了纯粹的愉悦。当时我甚至能大段大段地背诵卢梭优美的文字。“沉思者的心灵愈是敏感，他就愈加投身于这一和谐在他心头激起的心旷神怡的境界中。甘美深沉的遐想吸引了他的感官，他陶醉于广漠的天地间，感到自己已同天地融为一体。”这样的语句，自然清新，像微风拂过我的脸庞，像远方飘来的花香中散发着的美妙温暖。

放学后，我与孟非常常在校园操场的石阶上静静地坐着，彼此什么也不说，但心跳的声音，舒展着我们对未来美好的想象。安妮宝贝在她的《年少事》中描写了她年少时与女同学的一段感情，她这样说道：“这种感情现在看来，其实已经如同一场初恋。”我也想借用其中文字的意思这样说：“因为这段往事，使我对异性抑或同性之间的友情，一直保持着某种信仰。”

梦终究是要醒的，纵然它的脉络清晰无比。

高中毕业了，我和孟非去了不同的城市读书，没有实现我们在一起许下的誓言。

在大学里，我新交了女朋友，日子又变得充满生机。

飞扬的青春总是会令我们忘记许多过去，年轻的感动虽然赤裸简单，但却像易碎的玻璃。四季里开不出不败的花朵，雨天伞下也没有不寂寞的人。

同时，断断续续传来的消息让我知道孟非也交了女朋友。对于这样的结果，不知是喜是愁。

就这样，青春在我们各自向左向右的行走中，长出翅膀，往透明的天空飞散开。

在收到龙湖网友雨竹发来的短信后，又收到雾石、枫林、阿山、尾巴、若零等网友的节日问候。

这时，我才想起此时已经是“五一”长假中的某一天了。

在龙湖这样一个绿意满园、清风飞舞的早晨，在这样一种温暖如初、友情渐浓的氛围中，我多想听到所有曾经爱过的朋友们说一声，你对曾经的倾诉与告别，你对曾经的付出与拥有，是多么留恋。

真情感悟

极致的友情，最令人难懂，看似束缚，却能让你走得更远；看似脆弱，却能让你变得坚强；看似癫狂，却能让你感到真实。

汇款单里的友谊

那一刻，泪水在我的眼里打转。那一刻，我明白，我收下的，不仅仅是210元钱那样简单。

六年前的那个冬天，我们一行四人，踏上了南下的火车。

四个人怀揣着同样的梦想——挣钱。

四个人兴奋而紧张，挤成一团，在冰冷的车厢里彼此温暖着。

我们所说的每一句话，都跟即将开始的打工生活有关，跟蛋蛋远房的大伯有关。

因为是他为我们争取到了一个工厂最后的四个打工名额。他知道，我们是从小一块儿光着屁股长大的最要好的朋友。

那告别贫瘠山村的路遥远而漫长，整整24个小时，我们都没有合一下眼，那每月两百多块钱的工资，虽还遥不可及，却如兴奋剂一般撩拨着每个人的心。

终于到了，没有人关心那从没见过的车水马龙和高楼大厦。

在蛋蛋大伯的引领下，我们来到那家工厂，没料想，我们听到的第一句话便是：四个招工名额只剩下了三个。

这句话如晴天霹雳般在我们每个人的脑海中炸响，

词语百宝箱

贫瘠　遥不可及
撩拨　车水马龙
晴天霹雳

那就是说，我们四个人中必须有一个要打道回府，不容置疑。

> **词语百宝箱**
> 不容置疑　嗷嗷待哺

蛋蛋第一个站出来，说："你们留下，我走。"

没人应声。

蛋蛋他爹卧床多年，已是家徒四壁，蛋蛋需要挣钱给他爹看病抓药。

大碗说："还是我走吧，我是弟兄四个当中的老大。"还是没人应声。大碗的媳妇没奶，不能可怜了那嗷嗷待哺的娃娃。我说："我走，我没有负担。"

我果真走了，谁也没能留住我。我在那陌生都市的角落里呆坐了一天，我没有后悔，虽然我的眼里写满了留恋。但我知道，他们都比我更需要钱。

我又重新回到了那破落的山村，重新在那干裂的坷垃地里刨着全家人的希望。

转眼间到了过年，我回来也一月有余了，正在全家人为这年怎么过而犯愁的时候，我意外地收到了一张汇款单。在汇款单的附言栏里，写了这样一行歪歪扭扭的字：收下吧，这是我们三个凑的210元钱，算是你第一个月的工资。

那一刻，泪水在我的眼里打转。那一刻，我明白，我收下的，不仅仅是210元钱那样简单。

真情感悟

友情是个奇怪的东西，绝不会因为你给予了别人而减少，有时你给予别人的越多，自己得到的也越多。

感悟朋友

如画的杭州真的远了，我才打开那张速写。画面边上写着：感到寒冷时，请来！

22 岁那年，我带着对人性的悲悯，对自己的悲悯，茫然上路了。

过了黄河，穿越中原，又在烟雨迷蒙中游了西湖。西湖很美，从细雨中透出清丽、高雅的忧伤。我站在堤上，久久不能逃脱这种情调。

我披着一头黑发，脸色苍白，离满湖的欢笑非常遥远。他走过来，看着我，带来一阵清爽的湖风，同时对我的沉默露出宽容的浅笑，我依然对周围活动的人们感到麻木，不打算跳出固有的情绪。

“其实，跳下去也不一定不舒服。”他说。我转过头看了一眼，仍不想理会，只是心里很狂傲地笑了一下，我才不会犯傻呢！

“你跳下去，我还得救你，太戏剧化了。”他嬉笑着穷追不舍。我不得不认真地看看他了，一个不修边幅、脸色和我同样苍白的年轻人，不远处，摆着一副相当破旧的画架。

我勉强笑笑，问了句：“画什么？”

他耸耸肩：“三年了，我站在这儿感慨万千，

词语百宝箱

茫然　烟雨迷蒙　清丽　高雅　情调　穷追不舍　感慨万千

却没画出像样的东西。”听得出很深的自嘲。

“你想找什么？”

“不知道，所以注意到你。”

“怕我跳下去？”

“怕破坏了一幅有灵气的画。”

我感谢他的赞赏，笑笑说：“谢谢！”说得很由衷。

“也许你点化了我。”

我不理解地看看他。

“人才是这个生存空间中真正的生灵，其实，你第一次转过头来时，我已经知道你‘水性’很好，不会被‘淹’的。”

“人们的相互关怀并不值得庆幸。”

“你很孤独吗？”他关切地看着我。

“孤独与生俱来。”

“可与生俱来的东西并不只有孤独。”

“我习惯了，或者说喜欢。”

“你可以喜欢，但不要习惯。”

我觉得他正一点一点地打倒我的孤傲，很想快点儿躲开，却又扔出一句：“你呢？是喜欢还是习惯了感慨万端？”

“我很空虚，世间万物没有属于我的东西。”他坦诚的语言射出一种逼人的沉闷。

唯剩沉默。

他画完一张速写递给我，我大大地惊诧于他画笔的穿透力：画上的女孩孤傲、忧伤而又飘逸得让人不可捉摸。

小心防守的堡垒突然被冲击，我很是恐慌，匆匆

词语百宝箱

与生俱来　孤傲
感慨万端　坦诚
不可捉摸

地就要告辞。他在那张速写上草草地写了几笔，折了两折给我，像阳光一样灿烂地笑了笑。

我就这样告别西湖，坐上了南下的火车。如画的杭州真的远了，我才打开那张速写。画面边上写着：感到寒冷时，请来！

我骤然感到浓浓的暖意，又想起他说的："与生俱来的东西并不只有孤独。"

我知道了还有人情的温暖。

感悟朋友！

真情感悟

给一个忧伤的人一点儿安慰，给一个寒冷的人一点儿温暖，这就是友情。当你拥有它的时候，你就能感受到人情的温暖。

同桌的情分

初三的时候，我们还是经常往电影院跑，心思仍不在学习上。看过的许多部片子中，最让我感动的就是路遥的《人生》。

初二末的时候，我们班里转来一个女生。记得清楚的是，那是一个春天的黄昏，班主任张老师领进来一个扎着长辫子的女生，样子怯生生的，背着一个黄书包，站在讲台上。简单地介绍了一下之后，张老师就把她领到了我的桌边来。张老师说："你坐这儿吧。"说完后，张老师就带上门走了。

那个女生什么也没说，把她的黄书包往桌上一放，就成了我的同桌。

但那时，我更多的注意力集中在看电影上。在我上学的那个小镇里，距学校不远的坡底下，有一家不大的电影院。隔三差五的日子，我和班里的郝珍贵便逃课去看电影，所以那个晚上，老师一走，我们就跑下坡看电影去了。路上，郝珍贵说，你有了同桌了。我和他就呵呵地笑。

那时候的票价好像是几毛，但我们也掏不起。可我们发现了另一种进入电影院的方法。由于电影院里只是用檩条和砖头搭起来些座位，没有排没有号，所以，撕了副券后，人们就把票丢在地上了。于是我们在检票口拾一些废票，把撕掉的副券，以及整个票面的上半身拼接起来，就组成一张"整票"。拼接好后，我们便等到看电影的人相对集中的时候混在人群里，趁乱进去。

词语百宝箱

心惊胆战
津津有味
威严　哆嗦
劈头盖脸

即便是这样，在检票员撕去副券的一刹，也还是心惊胆战的。但当津津有味地看起电影的时候，我们就把这一切就又都忘了。

那时候，男女同学之间很少说话。我对这位新来的同桌，了解也并不多，来了很多天了，我才知道她姓邢，叫如月。她平素很少说话，一天到晚静悄悄地趴在桌上学习。有一天，历史老师问问题，问到她，回答完之后，历史老师就摘下眼镜，低着头对着课本念了起来——他忘了让她坐下了，谁知道，她竟然站了整整半节课。尽管那学期的期末考试，她的成绩排名很靠前，但我们并不因此而高看她，郝珍贵说，这是一个书呆子。

但就是这样一个书呆子样的同桌，竟做出了令我们意想不到的事情。

初三的时候，我们还是经常往电影院跑，心思仍不在学习上。看过的许多部片子中，最让我感动的就是路遥的《人生》。本来这部电影我已经看过一遍了，第二天，尽管天冷的厉害，我还是撺掇着郝珍贵再去看一遍。结果，那一天，我们出事了。

正当我和郝珍贵一前一后准备进去的时候，突然从旁边蹿过来一个检票员，叫住了我们，"缴"了我们手中的票。他把票翻转过来看了看，就把我们叫进了售票的地方。那是个脸膛黑黑的男人，一脸威严，说是要给学校打电话，叫我们的班主任来。尽管那个屋子生着炉火，但等待的那一段时间，我们还是不断地打着哆嗦。不一会儿，班主任老师来了，他帮我们补了票款，向对方赔了许多不是后，把我们领走了。

在办公室里，我们始终低着头，任由班主任劈头盖脸地批评。第二天，班主任老师告诉我们说，学校准备开一个全校的师生大会，要让我们当众做检

词语百宝箱

忐忑不安
心神不定
黯然　幽怨

查，并且说，要把我们的劣迹记在档案里边。我们当时并不懂得档案是个什么东西，但隐约觉得被记进去，对自己将来不好。

时间在一天一天地过去，我们在忐忑不安中等待着将要进行的全校师生大会。就在这心神不定的日子里，这个“书呆子”同桌开始接近我，为我补习英语方面的知识。我的英语当时的确很差，但我哪里有心思听进去。

有一天，班主任又一次找到我们，我们以为这一天来了，都黯然地低下了头。班主任说：“学校决定，看你们的学习成绩，如果有提高的话，将不再让你们公开检查了。”事后，我和郝珍贵在一面土坡上坐了半天，郝珍贵戚戚地对我说：“学吧，以后别想着去看了。”我点了点头。郝珍贵说的时候，往坡下的电影院扫了一眼，眼神中充满着幽怨和无奈。

就为着不在全校做检查，我们认真地学了起来。我的同桌好像倾注了更大的热情，更多的利用课外活动时间为我补习英语。或许就是因为她的帮助，那一年的中考中，我考了 432 的高分，考上了县里的重点高中。

去拿毕业证和录取通知书的时候，班主任叫住了我。他说：“有一天，你的同桌找到了我，说你和郝珍贵看电影看得厉害，这样下去可能完了，让我想想办法。于是，我和她想了一个‘办法’。第二天，你们被抓住，实际上她就在暗中藏着，并帮助检票员指认你们俩。我呢，负责在以后的时间里吓唬你们，好让你们把心收回来。其实，学校根本就不知道这回事。

“在电影院，就为了等到你和郝珍贵，如月那个晚上冻病了，感冒了好长一段时间。好了之后，她找到我，说要帮你补习英语，”张老师顿了顿，接着说，“你得感谢你的这个同桌，甚至连我都想不出她从哪里来的这些勇气。”末了的时候，张老师从他的抽屉里拿出一个信封，他说，“如月考上了师范，那天她来的时候，要我把这封信交给你。”

回家的路上，我打开了那封信，里边有一页信笺，白的纯净的纸上，没有一个字。

真情感悟

人生不能没有朋友。生活中，正是因为有朋友，我们的生命才更有意义；朋友就像阳光一样照耀着我们，温暖着我们。当我们拥有知心朋友的时候，一定要好好珍惜，好好爱你的朋友。

可以依靠的人

现在，咱俩一人找一块砖头，你在下面敲，我在上面敲，你敲几下，我就敲几下——好，开始吧。

萨克雷高烧不退，透视后发现胸部有一个拳头大小的阴影，医生怀疑是肿瘤。

同事们纷纷去医院探视他。回来的人说："有一个女的，名叫德丽丝，特地从纽约赶到加州来看萨克雷，不知是萨克雷的什么人。"又有人说："那个叫德丽丝的可真够意思，一天到晚守在萨克雷的病床前，喂水、喂药、端便盆，看样子跟萨克雷可不是一般关系呀。"

就这样，去医院探视的人几乎每天都能带来一些关于德丽丝的花絮，不是说她头碰头给萨克雷试体温，就是说她背着人默默流泪。更有人讲了一件令人觉得不可思议的奇事，说萨克雷和德丽丝一人拿着一把叉子敲饭盒玩。德丽丝敲几下，萨克雷就敲几下，敲着敲着，两个人就神经兮兮地又哭又笑。心细的人还发现，对于德丽丝和萨克雷之间所发生的一切，萨克雷的妻子居然没有表现出一丝一毫的醋意。于是，有人毫不掩饰地羡慕起萨克雷的艳福来。

十几天后，萨克雷的病得到了确诊，肿瘤的说法被排除，不久，萨克雷就喜气洋洋地回来上班了。有人问起了德丽丝的事。

词语百宝箱

探视　花絮　喜气洋洋

萨克雷说：“德丽丝是我以前的邻居。大地震的时候，德丽丝被埋在了废墟下面，大块的楼板在上面一层层压着，德丽丝在下面哭。邻居们找来木棒、铁棍去撬楼板，可怎么也撬不动，就只能等着用吊车。德丽丝在下面哭得嗓子都哑了——她怕呀，她父母的尸体就在她的身边。

词语百宝箱

谣传　洁白无瑕

“天黑了，人们纷纷谣传大地要塌陷，于是都抢着去占铁轨，只有我没动。我家就我一个人活着出来了，我把德丽丝看成了可依靠的人，就像德丽丝依靠我一样。我对着楼板的空隙冲下面喊：‘德丽丝，天黑了，我在上面跟你做伴，你不要怕呀……现在，咱俩一人找一块砖头，你在下面敲，我在上面敲，你敲几下，我就敲几下——好，开始吧。’她敲一下，我便也敲一下，她敲了几下，我便也敲了几下……渐渐地，下面的声音弱了，断了，我也迷迷糊糊地睡去。不知过了多长时间，下面的敲击声又突然响起，我慌忙捡起一块砖头，回应着那求救般的声音，德丽丝颤颤地喊着我的名字，激动得哭起来。第二天，吊车来了，德丽丝得救了——那一年，德丽丝 11 岁，我 19 岁。”

女同事们鼻子有些酸，男同事们一声不吭地抽烟。在这样一份洁白无瑕的生死情谊面前，人们为自己心中无端飘落下来的尘埃感到汗颜。也就在这短短的一瞬间，大家倏然明白了，生活本身比所有挖空心思的浪漫猜想都更迷人。

真情感悟

在我们的生命里，除了父亲、母亲是我们可以依靠的人外，还有我们的朋友，他们同样能给我们亲人一样的依靠，他们的双手，总会在你最需要的时候伸出来，帮助你走出困境。

生命力的奇迹

虽然他现在还睁着眼睛，但是即使他死的时候，可能还会这样睁着眼睛……

有一天，斯库拉正在家里休息，电话铃突然响了，一个噩耗传来，他的一位工作顾问斯坦里的心脏已经停止跳动22分钟。

22分钟！这是一段什么样的时间啊？他的大脑供氧早已停止。医生尽一切努力为他做人工呼吸，终于获得了成功，但他却陷入了死一般的昏迷状态。当他被移至综合治疗室时，他已经能够独立呼吸了，但是除此之外没有任何迹象表明他能恢复神志。

神经外科医生告诉斯坦里的妻子："他没有希望了，呼吸可能会持续，但是今后他只能是个植物人。虽然他现在还睁着眼睛，但是即使他死的时候，可能还会这样睁着眼睛……"

斯库拉接到电话通知后赶往医院，一路上反复地想："怎么办？我能对他说些什么？他处于昏睡状态，我能说什么话呢？"斯库拉想起在神学院的时候，教授曾经这样教导过他："濒临死亡的人，对一切刺激可能都没有反应。碰到这种情况，你要不断地呼唤他们的生命，千万不要给患者的内心带去消极的念头。"

> **词语百宝箱**
> 乐观　开朗　征兆
> 倾听　惦念

斯库拉跨入了斯坦里的病房，斯坦里的妻子比利正站在床边流泪，原来那么乐观、开朗的斯坦里，现在如同雕像一样一动不动，不管怎么看都像一个死人。虽然眼睛仍然大大地睁着，但他没有一点儿活着的征兆和反应。

斯库拉握住斯坦里的手，然后凑近他的耳边，轻轻地说起来："斯坦里，我知道你不能说话，我也知道你不会回答我，但是你的内心深处在倾听着我的声音，对吗？我是斯库拉，朋友们都在惦念着你。现在，斯坦里，我有个好消息要告诉你，你受到了严重心脏病的袭击，现在已处于昏睡状态，但是你就要好了，你能活下去。你可能要长期坚持下去，可能痛苦难熬，但是，斯坦里，你会成功的！"就在这时，发生了斯库拉一生中最受感动的事情。猛然间，斯坦里睁着的眼睛里流出一滴泪水！他全部理解了！脸上虽没有丝毫微笑，嘴唇也没有一丝颤动，但是他的眼中确确实实流出一滴泪水来！医生感到震惊，比利也呆住了……

一年之后，斯坦里已经能用语言来表达自己的意思了，听别人说话也完全没有问题，身体的正常机能也都恢复了。现在他已经能走、能说、能哭，又充满活力地生活了，这是一个真正的奇迹。

真情感悟

记得有人曾说过："友情是天堂，没有它就像下地狱；友情是生命，没有它就意味着死亡。"却从来没有想过，原来友情有时候真的可以是生命，能把一个濒临死亡的人从死神的手中抢回来。

真正的朋友

于是他连夜到各个朋友家中敲门求助，可是没有一个朋友愿意惹官司上身，甚至大多数朋友连家门都不愿意让他进。

一位犹太父亲自知自己将不久于人世，于是他把唯一的儿子叫到病榻前并且叮嘱他：“除了一生积攒下来的财富，我留给你的还有一生当中唯一的朋友。他住在一个非常遥远的地方，这是他的地址，如果你遇到解决不了的困难，就去找他。”

说完父亲把手中一个写着陌生地址的纸条交到了儿子手里，然后就撒手人世了。

失去了父亲的儿子感到万分悲痛，在悲痛之余他又对父亲临终时留下来的话感到不解：“父亲明明知道我有许多形影不离的好朋友，为什么还要我在遇到困难时去找他那位已经多年不再联系的唯一的朋友呢？”

虽然对父亲的话感到纳闷儿，但是一向听从父亲教诲的他还是把父亲留下来的纸条保存在一个稳妥的地方。

在父亲死后的几年里，儿子依然像父亲在世的时候一样大把花钱，不断宴请自己结交的朋友，当朋友遇到困难时他总是慷慨解囊，但是他却忘了小时候父亲对自己理财

词语百宝箱

形影不离
稳妥
慷慨解囊

的教诲。

由于过度花费又没有其他进账，父亲留下来的钱财很快就被他花光了。

词语百宝箱

一无所有
恶语相向
善罢甘休
心灰意冷

几乎一无所有的他向那些他曾经帮助过的朋友们寻求帮助，没想到过去热脸相迎的朋友们却一个个变得冷漠至极。

正所谓“破屋又遭连阴雨，漏船又遇打头风”。

一次，高利贷者到他家向他要账，由于对方恶语相向，他一时气愤便把对方打了个头破血流。他知道对方一定不会善罢甘休，也许过不了多久自己就会被抓进监狱。

一想到这些，年轻人开始害怕起来，他决定先到朋友那里躲一躲，然后让他们帮助自己解决这场灾难。

于是他连夜到各个朋友家中敲门求助，可是没有一个朋友愿意惹官司上身，甚至大多数朋友连家门都不愿意让他进。

心灰意冷之际，他想到了父亲临终时留下的纸条。于是他简单地打点了行装，开始去寻找父亲那位多年不见的朋友。

虽然一路上历经磨难，但他还是来到了父亲的老友门前。父亲的老友显然并不富裕，看到这些他不由得又对父亲的话多了几分不解。当他疑虑重重地向对方说明自己的身份并且表明自己目前的处境时，对面的老人很快将他拉到了家中，叫妻子赶快为年轻人准备可口的饭菜，他自己则迅速走了出去。

过了将近一个小时的时间他才满头大汗地回来，并从外面抱回来一个年代很久的坛子。

令年轻人感到吃惊的是，坛子里面居然有十几块闪闪发光的金币，更令他感到出乎意料的是，这位老人居然要将这些金币全部送给他。老人一边将金币送到年轻人手中，一边对他说："这是我年轻的时候和你父亲一起做生意时分得的利润，你全部拿去，用它们还清债务，剩下的钱你就用来创造更大的财富吧。年轻人，想想你父亲当年的做法，以后要知道怎样积累钱财。"

年轻人带着十几块金币走了，他同时带走的还有对真正友谊的大彻大悟。

真情感悟

真正的朋友往往不是那些锦上添花之辈，而是雪中送炭之人。危难之际见真情，真正的朋友必定能够经得起时间和环境的考验。如果只能同享乐而不能共患难，那就不是真正的朋友。

孤独的药方

亨利一生最大的病其实是孤独，而你给了他快乐，给了他友情，他一直为有你这个朋友而自豪……

亨利 10 岁那年因为输血不幸染上了艾滋病，伙伴们全都躲着他，只有大他 4 岁的杰克依旧像以前一样跟他玩耍。离亨利家的后院不远，有一条通往大海的小河，河边开满了五颜六色的花朵，杰克告诉亨利，把这些花草熬成汤，说不定能治他的病。

亨利喝了杰克煮的汤，身体并不见好转，谁也不知道他还能活多久。杰克的妈妈再也不让杰克去找亨利了，她怕一家人都染上那种可怕的病，但这并不能阻止两个孩子的友情。

一个偶然的机会，杰克在杂志上看见一则消息，说新奥尔良的费医生找到了能治疗艾滋病的植物，这让他兴奋不已。

于是，在一个月明星稀的夜晚，他带着亨利，悄悄地踏上了去新奥尔良的路。他们是沿着那条小河出发的。杰克用木板和轮胎做了条很结实的船，他们躺在小船上，听着流水“哗哗”的声响，看着满天闪烁的星星，杰克告诉亨利，到了新奥尔良，找到费医生，他就可以像别人一样快乐地生活了。

不知漂了多远，船进水了，两个孩子不得不改

词语百宝箱

五颜六色　月明星稀
闪烁

搭顺路汽车。为了省钱，他们晚上就睡在随身带的帐篷里。亨利咳得很厉害，从家里带的药也快吃完了。这天夜里，亨利冷得直发颤，他用微弱的声音告诉杰克，他梦见两百亿年前的宇宙了，星星的光是那么暗、那么黑，他一个人待在那里，找不到回来的路。杰克把自己的球鞋塞到亨利的手上："以后睡觉，就抱着我的鞋，想想杰克的臭鞋还在你的手上，杰克肯定就在附近。"

词语百宝箱

杳无音讯　泪如泉涌

孩子们身上的钱差不多用完了，可离新奥尔良还有三天三夜的路。亨利的身体越来越弱，杰克不得不放弃了计划，带着亨利又回到了家乡。不久，亨利就住进了医院。杰克依旧常常去病房看他，两个好朋友在一起时病房便充满了快乐。他们有时还会合伙玩装死游戏吓医院的护士，看见护士们上当的样子，两个人都忍不住大笑。杰克给那家杂志写了信，希望他们能帮助找到费医生，结果却杳无音讯。

秋天的一个下午，亨利的妈妈上街去买东西了，杰克在病房陪着亨利，夕阳照着亨利瘦弱苍白的脸，杰克问他想不想再玩装死的游戏，亨利点点头。然而这回，亨利却没有在医生为他摸脉时忽然睁开眼笑起来，他真的死了。

那天，杰克陪着亨利的妈妈回家。两人一路无语，直到分手的时候，杰克才抽泣着说："我很难过，没能为亨利找到治病的药。"

亨利的妈妈泪如泉涌："不，杰克，你找到了。"她紧紧地搂着杰克，"亨利一生最大的病其实是孤独，而你给了他快乐，给了他友情，他一直为有你这个朋友而自豪……"

三天后，亨利静静地躺在了长满青草的地下，双手抱着杰克穿过的那只球鞋。

真情感悟

每个人都有孤单害怕的时候，我们都不希望单独上路，都渴望结伴同行，而医治孤独最好的药方就是快乐的友情。

没有朋友的孔雀

孔雀先生，你的羽毛虽然美丽，但是嘴巴实在不饶人。好了，再见，我要去见我的朋友了！

在古老的森林里，有许多美丽的动物，其中以孔雀最美，它五颜六色的羽毛令所有的动物羡慕不已。但是，这么漂亮的孔雀怎么会连一个朋友也没有呢？

有一天，孔雀展开五颜六色的长羽毛，缓缓地在树林中漫步。这时，有一只全身纯白的鹤刚好路过这片树林，停在一棵树下休息。

孔雀看到这只陌生的白鹤，就故意走过去吸引它的注意。白鹤觉得孔雀的羽毛十分漂亮，就夸赞道："啊！你的羽毛真是漂亮极了！简直比蝴蝶的翅膀还要鲜艳美丽。"

孔雀被白鹤这么一夸奖，内心当然十分高兴，就更加骄傲了。它斜斜地瞧了白鹤一眼，觉得这只鹤全身雪白，一点儿花样也没有，就说："你长得真奇怪啊！怎么羽毛都是白色的？多么单调、苍白啊！你看我这一身，有金色的、紫色的、绿色的，而且搭配起来是多么得体呀！唉！白鹤先生，如此难看的羽毛你也能忍受？照我说啊，你实在应该去换一换羽毛了！"

白鹤听了孔雀尖刻的嘲笑，很不高兴地说："孔雀先生，

词语百宝箱

漫步　夸赞
鲜艳　雪白
搭配

你的羽毛虽然美丽，但是嘴巴实在不饶人。好了，再见，我要去见我的朋友了！”白鹤说完立即飞走了。

孔雀孤零零地在森林中走来走去，所有的动物碰见它都会躲开，谁也不愿意和它说话，因为它们都曾经被孔雀尖刻的话语伤害过。

真情感悟

别人赞美你时，你也要懂得赞美别人，只是骄傲，不肯虚心，是交不到朋友的。我们不吝啬自己的赞美，才会得到很多的朋友。

独特的考验

他们纷纷威胁说：“快给我们一些钱，否则我们要去告发：你的老婆打死了一个乞丐。”

越南有两个兄弟，哥哥非常富有，而弟弟却一贫如洗。哥哥对待别人慷慨大方，然而从不帮助自己的弟弟。妻子对此感到不安，决心要改变丈夫对弟弟的态度，后来她终于想出一条妙计。

这一天，丈夫外出不在家。妻子杀了一条狗，用草席将它包好，扔在花园的角落里。

傍晚丈夫回家了，她装出一副惊慌的样子说：“今天上午，有个小男孩来讨饭，我当时很忙，没时间拿东西给他吃。他又是哭又是闹，惹得我好不心烦。我拿起棍子去揍他，万万没想到，刚一动手他就倒地而亡。这可把我吓坏了，我把他用席子包了起来，放在花园里。我们该请谁帮忙，把乞丐悄悄地埋葬呢？我不想让邻居知道这件事。”

哥哥急忙跑去找知心朋友，要求他们帮助埋葬乞丐。可是他们都推说他们很忙，没有时间，哥哥垂头丧气地回到家里。

妻子说：“你为什么不去跟你弟弟谈谈？也许他会帮助你。”

词语百宝箱

一贫如洗
妙计
惊慌

哥哥只得求助于弟弟。弟弟闻讯立即跑来，同哥哥一起将裹在草席中的尸体埋葬了，然后一声不响地回家去了。

词语百宝箱

一声不响 心平气和
肝胆相照 虚情假意
和睦相处

妻子此时心平气和地开导丈夫说："如果没有你弟弟的帮助，我们肯定要遇到麻烦的。你现在还相信你那些'忠实'的朋友吗？"

哥哥的良心受到了谴责，以往那么冷酷地对待弟弟，他感到惭愧至极。第二天，他的朋友们都来拜访他。他们以为他的妻子真的杀死了一个乞丐，都想乘机来敲诈勒索。

他们纷纷威胁说："快给我们一些钱，否则我们要去告发：你的老婆打死了一个乞丐。"

哥哥异常紧张，正要付钱，被妻子拦住了。朋友们见她不肯出钱，便向地方长官告发此事，地方长官下令传讯夫妻俩。

妻子十分镇定地说："我杀死了一条狗，我只是想考验一下我丈夫的朋友，要看看他们对他是否真正称得上肝胆相照。"

地方长官命人将尸体从花园里挖出来，见确实是一条死狗，就处罚了那些忘恩负义的朋友，同时夸奖了那位妇人的贤惠，因为她给了丈夫极好的忠告。

自此，哥哥再也不和那些虚情假意的朋友交往了，而是同胞弟和睦相处。

真情感悟

真正的朋友，是那种为了你可以两肋插刀的人，而不是当你遇到困难时在你背后捅刀子的人。平常和我们走得近的人，不一定是我们真正的朋友，而那些在困难中拉我们一把的人，才是我们真正的朋友。

第五章

传递真情，关爱身边的每一个人

真情
心心相传
用爱心引发爱心
在越来越浓的爱意中
扩大
无止境地
延伸

十二颗金灿灿的爱心

来去匆匆的人流不断，而时光变幻之间唯一不变的是不多不少的十二个人。

矿工下井刨煤时，一镐刨在哑炮上。哑炮响了，矿工被当场炸死。因为矿工是临时工，所以矿上只发放了一笔抚恤金，就不再过问矿工妻子和儿子以后的生活。悲痛的妻子在丧夫之后承受着来自生活上的压力。她无一技之长，只好收拾行装准备回到那个闭塞的小山村去。那时矿工的队长找到了她，告诉她说矿工们都不爱吃矿上食堂做的早饭，建议她在矿上支摊儿，卖点儿早点，一定可以维持生计。矿工妻子想了想，便点头答应了。于是一辆平板车往矿上一支，馄饨摊儿就开张了。八毛钱一碗的馄饨热气腾腾，开张第一天一下就来了十二个人，随着时间的推移，吃馄饨的人越来越多，最多时可达二三十人，而最少时从未少过十二个人，而且风霜雨雪从不间断。时间一长，许多矿工的妻子都发现自己的丈夫养成了一个雷打不动的习惯：每天下井之前必须吃上一碗馄饨。妻子们百般猜疑，甚至采用跟踪、质问等方法来探求究竟，结果均一无所获。直到有一天，队

词语百宝箱

一技之长　闭塞
推移　风霜雨雪
雷打不动　百般猜疑
一无所获

长刨煤时被哑炮炸成重伤才解开了这个谜底——弥留之际，他对妻子说："我死之后，你一定要接替我每天去吃一碗馄饨。这是我们队十二个兄弟的约定，自己的兄弟死了，他的老婆、孩子，咱们不帮谁帮？"从此以后每天早晨，在众多吃馄饨的人群中，又多了一位女人的身影。来去匆匆的人流不断，而时光变幻之间唯一不变的是不多不少的十二个人。

时光飞逝，当年矿工的儿子已长大成人，而他饱经苦难的母亲两鬓斑白，却依然用真诚的微笑面对着每一个前来吃馄饨的人，那是发自内心的真诚与善良。

更重要的是，前来光顾馄饨摊儿的人，尽管年轻的代替了年老的，女人代替了男人，但从未少过十二个人。穿透十几年岁月的沧桑，依然闪亮的是十二颗金灿灿的爱心。

真情感悟

有一种承诺可以抵达永远，有一种诺言可以穿越时空，那就是用心灵筑造的爱的承诺。

大手拉起的小手

如果你看到的世界让你不满意，或者你还是什么也看不见，你会失望吗？

他生下来就是一个盲人。医生说治好双眼起码要 5 万元，而且没有把握能治好。父母彻底失望了，于是在他 6 岁那年冬天，父母把他丢在了一个陌生的地方。虽然母亲已经把最厚的棉衣给他穿上了，可他还是觉得冷。他开始哭，“哇哇哇”地大哭，这一哭惊动了许多人。他一个劲儿地喊：“我要妈妈。”可是妈妈没有来，爸爸也没有来，他知道爸爸、妈妈嫌他是个盲人，不要他了。

后来，一双粗糙的大手拉起他那双冰凉的小手，一直拉着他走进一个温暖的地方。那个人说：“这是我的家，以后也就是你的家了。”

那个人让他喊“叔叔”，他就喊了。之后，叔叔就一点一点地让他熟悉这个家，告诉他床在哪里，火炉在哪里……

之后的日子，叔叔去上班，他便在家里待着。叔叔怕他寂寞还给他买来许多玩具，有能跑的汽车、能打响的冲锋枪，虽然他看不见，可他愿意听声音，他觉得那是世界上最美妙的声音。

在叔叔的关心和照顾下，他慢慢地长大了，除了眼睛依然看不见，其他部位都很健康。他曾经问过叔叔，他长得什么样子？叔叔说他长得很好看，就像电视里的小帅哥。他没看过电视，当然不知道电视是什么样子的，更不知道那里面的小帅哥到底有多帅，他不禁失口说："我要是能看见该多好呀！"叔叔听后，用那双粗糙的大手抚摸着他的脸，怜爱地说："你不是听医生说，5 万元就能治好你的眼睛吗？我正在努力地挣，不管治好治不好，我一定要试试。"躺在叔叔的怀里，他哭了，滚烫滚烫的泪水从他那黑暗的眼睛里流出来。

终于有一天，叔叔兴奋地告诉他，他攒够了 5 万元，并激动地拉着他的手来到医院，然后他被推进了手术室。

七天后，当医生准备要拆他眼睛上的绷带时，叔叔突然制止住医生，说："娃，如果你看到的世界让你不满意，或者你还是什么也看不见，你会失望吗？"

他说："不会。"

叔叔说："那我就放心了。"

他紧紧攥着叔叔那双粗糙的大手，其实他心里极度紧张。医生小心地一层又一层地拆着，他的心一下比一下跳得快。当医生把最后一层绷带拆掉时，他仍然害怕地闭着眼睛。后来，他慢慢地睁开眼睛，首先看到周围有许多人，可那些人的脸上都挂着泪水。他一侧头，不禁惊呆了，他的身边竟坐着一个眼睛深深凹下去的盲人，他顺着自己的胳膊一直往下望，发现自己正紧紧地攥着盲人那双粗糙的大手。

真情感悟

"天生是盲人"，又从小被父母抛弃，身心伤害是极大的，然而"盲人"叔叔却收养了他，并给他治好了眼睛，"盲人"叔叔眼虽盲，但心里却亮堂着呢，以一己之力，挽救受伤的心灵，连亲生父母都做不到的，他却做到了，此情可动天。

真情如露

这时，阿瓜也举手发言，高兴地说：“是笨蛋，因为大家都叫我笨蛋！”

阿瓜有点儿弱智，在三年级（1）班里，他的成绩是倒数第一，同学们也常取笑他。每天放学后值日生搞卫生，他都会主动地留下来帮忙倒垃圾。更绝的是，白天上课，每隔两节课，他就会条件反射性地把垃圾桶拿到洗手台前认真刷洗。原先最脏、最臭的角落，因为阿瓜的负责变成了教室内最醒目的净土。他总是微笑如花，并纯真地应对着一切复杂和怪异的眼光。有一次，老师出了一个脑筋急转弯：世界上最贵的蛋是什么蛋？有人说是金蛋，有人说是原子“弹”，有人说是脸蛋，这时，阿瓜也举手发言，高兴地说：“是笨蛋，因为大家都叫我笨蛋！”同学们笑了，老师却没有笑，她走过去轻轻地拍着阿瓜的脑袋说：“是的，你最贵！”

阿瓜的母亲每天放学后都会骑摩托车到校门口接他。一个冬天下雨的傍晚，在回家的路上，阿瓜看见一位踽踽独行的同学，他知道该同学的家离学校较远，便央求妈妈顺道载同学回家，可惜因机车后座装了个铁篮子，无法再多载另一个人而作罢。回家后，妈妈忙着在厨房做饭，隐隐约约听见门外传

词语百宝箱

踽踽独行
隐隐约约

来一阵奇怪的声音，出门一看，阿瓜正挽着袖子用老虎钳费力地拆着铁篮子……

妈妈深深地叹了口气，但眼里却涌出了泪花。

多么笨的孩子啊，又是多么善良的宝贝！是因为笨才善良，还是因为善良才显得笨呢？

真情感悟

有了善良的心，才能完善人生。善良的心，像甘露一样纯洁、晶莹，容不得一点儿邪恶的灰尘。善良的心胸是宽宏的，善良的人，以他人的快乐为快乐，以他人的幸福为幸福，绝不幸灾乐祸，损人利己。

医治绝望的良药

这城市是如此的陌生，这邮局是如此的嘈杂，她在棕色桌面上嘎巴的糨糊和红蓝墨水斑点的衬托下把信写得无比尽情——一种绝望的尽情。

有一次在邮局寄书，碰见以前的一位同学，多年不见了，她说："咱们俩到街上走走好不好？"于是我们漫无目的地走起来。

她之所以希望我和她在大街上走，是想告诉我，她曾遭遇过一次不幸：她的儿子患白喉死了，死时还不到4岁。没了孩子的维系，本来就不爱她的丈夫很快就离开了她。这使她觉得屈辱，觉得日子再无指望，她想到了死。她乘火车跑到一个靠海的城市，在这座城市的一个邮局里，她坐下来给父母写诀别信。

这城市是如此的陌生，这邮局是如此的嘈杂，她在棕色桌面上嘎巴的糨糊和红蓝墨水斑点的衬托下把信写得无比尽情——一种绝望的尽情。这时有一位拿着邮包的老人走过来对她说："姑娘，你的眼好，你帮我纫上这针。"

她抬起头来，眼前的老人白发苍苍，她那苍老的手上，颤颤巍巍地捏着一枚小针。

我的同学突然在那老人面前哭了。她突然不再去想死和写诀别的信。她说，就因为那老人称她"姑娘"，就因为她其

词语百宝箱

屈辱
诀别
白发苍苍
颤颤巍巍

实永远是这世上所有老人的“姑娘”，生活还需要她，而眼前最具体的需要便是需要她帮助这位老人纫上针。她甚至觉得方才她那“尽情的绝望”里有一种做作的矫情。

她纫了针，并且替老人针脚均匀地缝好邮包。她离开邮局，离开那靠海的城市回到了自己的家。她开始了新的生活，还找到了新的爱情。

她说她终生感激在邮局里遇到的那位老人，不是她帮助了那位老人，而是老人帮助了她，帮助她把即将断掉的生命续接了起来，如同针与线的连接才完整了的绽裂的邮包。她还说从此以后日子里有了什么不愉快，她总是想起老人那句话：“姑娘，你的眼好，你帮我纫上这针。”

她常常在上班下班的路上想着这话，有时候这话如同梦一样不真实，却又真实得不像梦。

然而，什么都可能在梦中的街上或者街上的梦中发生，即使你的脚下是一条踩得烂熟的马路，即使你的眼前是一条几百年的老街，即使你认定在这老路旧街上不再会有新奇，但该发生的一切还会发生，因为这街和路的生命其实远远长于我们。

假若人生犹如一条长街，我不愿意错过这街上每一处细小的风景。

真情感悟

人生既漫长又短暂，在这短暂而漫长的人生中，什么事都可以过去，我们所要做的，就是走好脚下的每一步。

留在眼中的骄傲

直到这时我才体会到，爸爸付出的不只是眼睛，他还捐献了更多的东西，那就是闪现在温迪眼睛里的骄傲。

在某种程度上，这是一项影响他人一生的决定，当这一抉择到来时，曾在我父亲眼中出现的骄傲，又闪现在我女儿的眼中。

我永远也忘不了1965年那炎热的夏天，妈妈突然死于一种医学上都无法解释的疾病，年仅36岁。当天下午，一位警官拜访了我父亲，征得爸爸同意，医院将要取出妈妈的主动脉膜及眼角膜。我几乎被眼前这一事实击晕了，医生要解剖妈妈，把妈妈身体的一部分移到别人身上！我这样想着，冲出屋子，眼泪夺眶而出。

那时我14岁，我还不能理解，为什么有人可以把我深深爱戴的人割裂开来，但爸爸却对那位警官说："好吧。"

"你怎么能让他们那样对待去世的妈妈？"我冲着爸爸哭喊着，"妈妈完整地来到这个世界，也应该让她完整地离开这个世界。"

"琳达，"爸爸温和地对我说，他用手臂环绕着我，"我们能献给人类最好的礼物就是自己身体的一部分。你妈妈

词语百宝箱

解剖
夺眶而出
环绕

和我很早以前就决定了，如果我们死后能对别人的生活产生好的影响，那么我们的死也就有意义了。”

那天，爸爸给我上的这堂课成了我一生中最重要的一部分。

数年过去了，我结了婚拥有了自己的小家庭。1980 年，爸爸患了严重的肺气肿，搬过来和我们一同生活，在之后的六年里，我们花费了大量的时间探讨生与死的问题。

爸爸高兴地告诉我他去世后，不管怎样都要将身体的一部分捐献出去，特别是要捐献眼睛。“视觉是我能给予别人的最好的礼物，”爸爸说，“如果能帮助一个双目失明的孩子恢复视力，使他也能像温迪那样画马，那对这个孩子来说是多么幸福和激动啊。”

温迪是我的女儿，一直都在画马，还曾多次获得绘画奖。

“想象一下，如果盲童像温迪一样能够绘画，那么做父母的该多么自豪啊，”爸爸说，“如果我的眼睛能使盲人实现绘画的愿望，那么你也会感到骄傲的。”我把爸爸的话告诉了温迪，温迪的眼泪夺眶而出，她紧紧地拥抱着外祖父。她当时不过 14 岁——与我被告知要捐献母亲器官时的年龄相同，可是我们两人又是多么不同啊！

爸爸于 1986 年 4 月 11 日去世了，我们按照他生前的遗愿捐献了他的眼睛。三天后，温迪对我说：“妈妈，我为你替外祖父做的这件事感到骄傲。”

“这怎么能使你骄傲呢？”我问。

“您当然值得骄傲，您想过吗，什么也看不见该是多么的痛苦，我死的时候也要像外公那样把眼睛捐献出去。”

直到这时我才体会到，爸爸付出的不只是眼睛，他还捐献了更多的东西，那就是闪现在温迪眼睛里的骄傲。

当我抱着温迪时，我几乎不知道究竟发生了什么事，这从我在捐献说明书上签名才不过两个星期。

我那美丽的、聪明的温迪在路上骑马时，被一辆卡车撞成重伤。当我看着捐献书时，温迪的话一遍又一遍地在我的脑子里闪现：“您想过吗？什么也看不见该是多么的痛苦。”

温迪去世三个星期后，我们接到了一封来自俄勒冈州狮城眼库的信，信中写道：“亲爱的里弗斯先生、里弗斯夫人，我们想让你们知道，眼角膜移植手术获得了成功，现在双目失明的盲人又重见天日了，他们视觉的恢复象征着对你们女儿最好的纪念—— 一个热爱生命的人分享了她的美丽。”

不管走到哪个州，我似乎都会看到，一个接受捐献的人对马有了新的爱好，并能够坐下来画马。我想我知道那个捐献的人是谁，那一定是金发碧眼、一生都在绘画的可爱的姑娘。

真情感悟

做一个善良、好心的人，让自己的生命给更多的人带来意义。人的心胸好比一个弹力球，可以狭隘地窒息自己，也可以宽广得如同浩瀚的大海，而如何选择就在于你自己。

爱别人就是爱自己

我真的不需要你对我有什么报答，只是希望你能像我救你一样，尽自己所能，在被需要的时候，去帮助比自己的处境还要差上许多的陌生人，我想这就足够了。

韦利是一个患有先天性心脏病的小男孩，但他开朗活泼，几乎和所有的人都能成为朋友。正是因为他的乐观和快乐，很少有人知道他其实是一个可能随时会离开人间的高危病人。

韦利有早起晨练的习惯，尽管医生不让他做高强度和剧烈的运动，但是韦利还是愿意早起，看看清晨，看看太阳，看看一天的开始是如何美丽。那是一个被薄雾和轻烟笼罩的早晨，韦利走到城市中央广场的时候，发现一个人倒在地上，身上洒落了露水，脸色发紫，呼吸微弱，显然他正处在生命即将逝去的危险之中。韦利早已知道心脏病发作时的痛楚，他对这个陌生人的痛苦感同身受。四周很静，真正晨练的人一般不会来这里。

> **词语百宝箱**
> 笼罩　洒落
> 痛楚

韦利知道自己一个人无论如何也扶不起地上这个身材高大的人，怎么办？时间来不及了，韦利顾不上医生的警告，俯身拉起那个人的衣服。就这样，12 岁的韦利用尽全身力气一点点地把这个人在地上拖行了两百米。终于有人发现了他们，韦利只说了一句“快送他去医院”，便昏倒在地。

韦利醒来后看到的是陌生人一脸的关切和自责。他说自己因贪杯醉倒在街头，如果不是韦利救了他，医生说他会冻死在那里。陌生人愧疚地说：“对不起，医生告诉我说你的心脏病差一点儿就要了你的命，你是拿你的命救我。真不知道该如何感谢你！”

韦利笑了：“我现在没事了，你也没事了。这就是最好的感谢！”

陌生人一定要报答韦利。韦利想了想说：“我真的不需要你对我有什么报答，只是希望你能像我救你一样，尽自己所能，在被需要的时候，去帮助比自己的处境还要差上许多的陌生人，我想这就足够了。”

许多年过去了，韦利活过了比医生的预言长数倍的时间。他还是和以前一样乐观，并且真诚地对待每一个人，在被需要的时候尽自己所能帮助别人。但是韦利的病终于在一个冬天的早晨击倒了他。当时韦利正在一个很偏僻的地方散步，忽然感到心口一阵剧烈的疼痛，韦利挣扎了几下，终于支持不住倒在了地上。

韦利醒来时发现自己躺在医院里，身边站着一个十几岁的男孩，正瞪着一双大眼睛关切地看着他。韦利很感激地握住了男孩的手说：“谢谢你，孩子，你救了我。你是怎么发现我的？”

男孩很开心的样子：“我早上要去爷爷家陪他，正好路过那个地方，看到你躺在地上，我就想起了爷爷说他年轻的时候被一个和我一样大的男孩救起来的事。我想我也一定能够做到，于是我就使出全身的力气拉你。幸好你还不算重，我成功了，我回去后一定告诉爷爷，他告诉我要尽力帮助每一位需要帮助的陌生人，我今天做到了。”

韦利不知道该如何形容自己的心情，一次偶然的对人施以援手竟会带来一生受用不尽的恩惠。爱，真是一个同心圆，我中有你，你中有我，永无止境。爱能产生人间一切的美德与奇迹。

真情感悟

在别人需要的时候去帮助别人，这样每个人都不会孤单，爱心会在越来越浓的爱意中不断扩大。我们要尽自己所能向他人施以援手，让爱无止境地延伸下去。

爱在不经意之间传递

他的手中握着一枚身份识别牌，这是战争时期挂在士兵脖子上用来识别士兵身份的牌子。

艾克从战场上归来，回到家里的时候，并没有出现想象中的一家人欢乐团聚的场面。他的母亲杰妮的肾脏出了问题，不得不送往附近的医院治疗。医生告诉艾克："你母亲病得很重，她需要立即输血，否则可能活不到明天。"麻烦的是，杰妮的血型是AB型，所有的家庭成员都验过了血，但是没有一个人的血液能与杰妮的血液相匹配，更糟糕的是，医院既没有血库，也没有飞机能去空运一些血液。于是，医生们说一点儿办法也没有了。艾克含着眼泪离开医院去召集所有的亲人，希望每一个人都能有机会跟母亲见上最后一面。那时候，战争刚刚结束，在美国的每一条公路上，随处可见穿着军服的士兵要求搭别人的便车回家和亲人团聚的景象。当艾克驱车沿着公路行驶的时候，他被一个士兵拦住了，那个士兵请求艾克允许他搭个便车回家。极度悲伤的艾克在这个时候是没有心情做好事的，但想到士兵回家团聚的迫切心情，艾克还是把那个陌生人请上了车。

心乱如麻的艾克只是木木地开着车，对身旁的士兵并没有理会。但是，这个士兵却注意到艾克的眼泪。"老兄，

词语百宝箱

团聚　迫切
心乱如麻

你遇到什么麻烦了？我可以帮你吗？”

艾克含着眼泪说：“我母亲在医院里即将死去，因为医生无法找到与她相匹配的血型——AB 血型，如果他们不能在夜幕降临之前找到适合的血型，她就会死去。”

汽车里变得异常安静，忽然这个陌生的士兵把手伸到了艾克的眼前。他的手中握着一枚身份识别牌，这是战争时期挂在士兵脖子上用来识别士兵身份的牌子。牌子上标明的血型正是 AB 型。他立即让艾克掉转车头，向医院里驶去。

母亲杰妮得救了，她活了下来，直到二十年后才去世。

真情感悟

生命的奇迹其实就发生在你不经意的善意之间，一次小小的援助，甚至是举手之劳的顺风车，有时都能给你带来意想不到的奇迹。

你是谁

她正要转身离去，这位受宠若惊的小男孩拉住了她的手，抬头看着她的脸，他的眼中含着泪水，用以下的话回答了她的问题：“你是上帝的妻子吗？”

那是在纽约，12 月里一个寒冷的日子。

一个大约 10 岁的小男孩站在百老汇一家鞋店的门前，他光着脚，隔着橱窗呆呆地往里看，身子因为寒冷而颤抖。

一位女士走近男孩，问：“小家伙，你为什么看得这么认真？”

“我曾经请求上帝赐给我一双鞋子。”男孩回答。

女士牵起他的手，走进店内。她让店员给男孩拿半打袜子，然后她又问店员，可否为她打一盆热水，再拿一条毛巾。

店员回答：“当然可以。”并迅速拿来了水和毛巾。

她把小家伙带到店堂后面，脱下手套，跪下，将男孩的脚放进热水里，为他洗脚，然后用毛巾擦干。

这个时候，店员拿着袜子回来了。女士取出其中一双为孩子穿上，又为他买了一双鞋，再把剩下的几双袜子包起来交给男孩。

她拍着他的头说：“我的小家伙，你现在觉得舒服了吗？”

她正要转身离去，这位受宠若惊的小男孩拉住了她的手，抬头看着她的脸，他的眼中含着泪水，用以下的话回答了她的问题：“你是上帝的妻子吗？”

真情感悟

一个生活幸福的人应该是对生活充满感恩的人，并且这样的人愿意将自己的一颗爱心奉献给他人。因为帮助别人不仅可以获得一份内心的宁静，还会获得一种满足与幸福。要知道，我们的一点儿微不足道的帮助也许对他人来说是一生的转折。

花的作用

虽然只是一束花，却给乔治的牢狱生活带来了生机，也使他看到了人生的希望。

乔治在华盛顿一家保险公司做营销员，有一次他为女友买花时，偶然间结识了那家花店的老板——本。也仅仅是认识，谈不上熟悉，就因为去那家店里买过两次花而已。后来，他因为为客户理赔一笔保险费，被莫名其妙地以诈骗罪投入监狱，他要坐十年的牢。闻此消息，女友离开了他。

十年太长，乔治过惯了热烈、激情的生活，不知自己该如何打发漫长的没有爱也看不到光明的日子，他对自己一点儿信心也没有。

乔治在监狱里度过了闷闷的第一个月，他几乎要疯了。这时，有人来看他，但他在华盛顿没有一个亲人，他想不出有谁还记着他。在会见室里，他不由得愣住了，原来是花店的老板本，本给他带来一束花。

虽然只是一束花，却给乔治的牢狱生活带来了生机，也使他看到了人生的希望。他在监狱里开始大量地读书，钻研电子科学。

六年后，他获释了，先在一家电脑公司做职员，不久自己开了一家软件公司。两年后，他身价过亿。

成为富豪的乔治，去看望本，却得知本已于两年前破产了，一家人穷困潦倒，举家迁到了乡下。

乔治把本一家接回来，给他买了一幢楼房，又在公司里为本留了一个位置。乔治说："是你当年的一束花，使我留恋人世的爱和温暖，给予我战胜厄运的勇气。无论我为你做什么，都不能回报当年你对我的帮助，我想以你的名义，捐一笔钱给慈善机构，让天下所有不幸的人都感受到你博大的爱心。"

后来，乔治果然捐了一大笔钱出来，成立了"华盛顿本陌生人爱心基金会"。

真情感悟

奉献爱心，去爱每一个人，是每个人都很容易能做到的事，一句话、一个微笑、一束花就够了，这对我们来说并不损失什么。爱是人间最美好的情感，像一束花，开出来，自己得到果实，也能芳香别人，为何要藏于心底呢？帮助别人走出困境，同时也使自己的一生变得更美丽，何乐而不为呢？

真情接力

我旁边一位陌生人替我付了寄存行李费，然后把梅农的故事讲给我听，叫我不必计较该还给他多少钱。

印度一个名叫梅农的人初抵新德里，想在政府机关找份工作，但是他刚抵达目的地，所有的财物便在火车站被人偷光。

他进退维谷，于是向一位年老的锡克教徒诉说他的苦处，希望能借到15卢比暂时应急，并承诺一找到工作就还钱。

那人把钱借给了梅农，但不肯说出自己的姓名和住址，只是说，施恩的是一个陌生人，接受施恩的也该是一个陌生人。梅农终身不忘这笔债，后来以行善出了名。

词语百宝箱

进退维谷
苦处

不久以前，我在孟买机场寄存行李柜台前想领回我的行李，可是身边没有印度钱币，服务员又不肯收旅行支票。这时，我旁边一位陌生人替我付了寄存行李费，然后把梅农的故事讲给我听，叫我不必计较该还给他多少钱。他解释说：“我父亲是梅农的助手。”

真情感悟

我们该为别人做点什么，这种行善接力会在许多人的心灵中播下爱的种子，从而使行善成为更多人的习惯。

爱心不需要回报

我不要求回报，但我要你给我一个承诺。当别人有困难的时候，你也尽力去帮助他。

在美国东部一个风雪交加的夜晚，推销员克雷斯的汽车坏在了冰天雪地的山区。野地里四处无人，克雷斯焦急万分，因为，如果不能离开这里，他就只能被活活冻死。这时，一个骑马的中年男子路过此地，他二话没说，就用马将克雷斯的小车拉出了雪地，拉到了一个小镇上。当克雷斯拿出钱对这个陌生人表示感谢时，中年男子却说："我不要求回报，但我要你给我一个承诺。当别人有困难的时候，你也尽力去帮助他。"

词语百宝箱

风雪交加
冰天雪地

在后来的日子里，克雷斯帮助了许许多多的人，并且将那位中年男子对他的要求，同样告诉了他所帮助的每一个人。六年后，克雷斯被一次骤然发生的洪水灾害围困在一个小岛上，一位少年帮助了他。当他要感谢少年时，少年竟然说出了那句克雷斯永远也不会忘记的话："我不要求回报，但我要你给我一个承诺……"

克雷斯的心里顿时涌起了一股暖流。

真情感悟

爱心本身是无价的，它也不需要任何回报，它需要的是心心相传，用爱心引发爱心。这样，我们才会永远生活在爱的世界里。

善良的心

爱心是一个善良的人最宝贵的财富，上帝会关爱每一个善良的孩子。

新年的第一天，爱德华早早地起了床。父亲给了他 5 美元，这些钱对一个孩子来说可是一笔不小的财富。

他曾经在书店看到过一些特别精美的书，他早就想买了，但是一直没有钱，现在终于可以实现这个愿望了。于是，他带着钱兴高采烈地向小镇的书店跑去。在去书店的路上，他遇到了一家人，父亲、母亲还有三个冻得发抖的孩子。显然他们不是本地人，而且从他们憔悴的面孔上一眼就能看出他们的生活非常窘迫。爱德华微笑着对他们说："圣诞快乐！"但是他们听不懂他说的话。

"你们从哪儿来？"爱德华问，显然他们也没听懂。那个男人指了指他的孩子，又用手比画着肚子，这次爱德华明白了他的意思，"他们已经几天没有吃饭了，他想为孩子们要一些吃的东西"。爱德华看着那三个与自己差不多大、冻得发抖的孩子，立刻把兜里准备买书的那 5 美元给了他们，然后说："这些钱给孩子们吧，希望他们能和我一样快乐。"那个男人的眼中充满了泪水，紧紧地握住了爱德华的手。到家后，爱德华把自己的经历告诉了父亲。他说："他们又冷又饿，实在是太可怜了，于是我把准备买书的钱给了他们，因为他们比我更需要那些钱，至少他们在新年的第一天不会饿肚子了。"

“孩子，你做得非常对！”父亲鼓励地说，“爱心是一个善良的人最宝贵的财富，上帝会关爱每一个善良的孩子。你知道吗？当你把钱给那些穷人时，上帝正在看着你。就在你给他们钱的同时，上帝也给了你一件最宝贵的东西！”

“是吗？他给了我什么？”爱德华问。

“他给了你一颗善良的心！”父亲回答道。

真情感悟

每个人都应该拥有爱心，为你的父母、你的老师和同学，乃至你身边的每一个人，付出一份无私的爱心，相信你会得到更多的快乐。

生命的意义

孩子，你可知道，你生来就是要为这个世界做些除了你以外没人能办到的事的吗？

一位满头银发的老师正同家人一起在这个北方最著名的温泉城市旅行。这时听说有一位父母双亡的叫明的16岁男孩投河自杀，被警察救起的事。由于小的时候明的母亲和另外一个男人发生了一段婚外情，所以很多人肆意辱骂他，骂他是个杂种。从那以后，他变得愤世嫉俗。老师到警察局要求和男孩见面，警察知道老师的来意后，同意她和男孩谈谈。

"孩子，"她说话时，明扭过头去，像块石头，全然不理。老师用安详而柔和的语调说下去，"孩子，你可知道，你生来就是要为这个世界做些除了你以外没人能办到的事的吗？"

她反复说了好几遍，少年突然回过头来，说道："你说的是像我这样一个出生于农村，连父母都没有的孩子？"

老师不慌不忙地回答："对！正因为你出生于农村，正因为你没有父母，所以，你能做些了不起的妙事。"

少年冷笑道："哼！你想我会相信这一套？一个什么都不是，什么都不会的废物能干什么呢？"

"跟我来，我让你自己瞧。"老师把他带回自己家，叫他在家后的菜园里打杂。虽然生活清苦，但她对少年却爱护备至。生活在这样温暖的家中，处身在草木苍郁的环境中，明慢慢心平气和了。老师给了他一些生长迅速的萝卜种，十五天后萝卜发芽生叶，明得意地吹着口哨。他又用竹子自制了一支笛子，吹奏自娱，老师听了称赞道：“除了你没有人为我吹过笛子，明，真好听！”

> **词语百宝箱**
> 心悦诚服　意犹未尽
> 侃侃而谈

少年似乎渐渐地有了生气，老师便把他送到高中念书。在求学的那三年里，他继续在菜园内种菜，同时家里那些粗重的活儿几乎都被他包了。高中毕业，明白天在地下铁道工地做工，晚上在夜大深造。毕业后，在一所中学任教，他对那些即将参加高考的学生关怀备至，不仅仅是因为他们将面临人生的第一个转折点，更重要的是他要用自己那颗赤诚的心去影响他的学生。

“现在，我已相信，真有别人不能，只有我才能做的妙事了。”明对老师说。

“你瞧，对吧？”老师说，“你如果不是乡下人，如果不是孤儿，也许就不能领悟孩子的苦处。只有真正了解别人痛苦的人，才能尽心为别人做美妙的事。你16岁时，最需要的就是有人爱惜你，因为没有人爱惜，所以那时想死，是吧？你大声呐喊，说你要的根本不可能得到，根本就不存在——可是后来，你自己却有了现在这份事业，更难能可贵的是有了一颗爱心。”

明心悦诚服地点点头。

老师意犹未尽，继续侃侃而谈：“尽量给别人多一些爱心和关怀。等到从他们脸上看到感激的光辉，甚至像我这样行将就木的人，也会感到活下去的意义。”

真情感悟

给一个人生的勇气是一件了不起的事。在失望的边缘给他人一缕希望，不仅仅能够挽救一个人的生命，甚至能给他创造一个辉煌的生活。

快乐的秘诀

小女孩想了想说："我希望得到快乐。"

词语百宝箱

小心翼翼
期待
破涕为笑

一个漂亮的小女孩经过一片草地时，看见一只蝴蝶的翅膀被荆棘弄伤了，她小心翼翼地为它将刺拔掉，让它飞回自然的怀抱。后来蝴蝶为了报答小女孩的救命之恩，化身成一位美丽的仙女，对小女孩说："因为你很仁慈，请你许个愿，我将为你实现它。"小女孩想了想说："我希望得到快乐。"于是仙女弯下腰在她耳边悄悄细语一番，然后消失了。小女孩得到仙女的秘诀，后来果真很快乐。

一天，这个贫穷人家的小女孩，和几位小姐妹一起到了县城，希望用小小的一笔钱购回自己期待已久的黄丝带。就在女性化妆品专柜前，她看见一个小男孩因为失手摔碎了刚买的七色镜而泪流满面，于是她用自己所有的钱买了面同样的七色镜送给小男孩，就在那个小男孩破涕为笑、转忧为喜的时候，她的心也跟着高兴起来。

这些看似不经意的情感细节，不过是滚滚红尘中一粒细细的尘埃，但它却永远地充盈了那个小女孩的心灵。想必你也猜出来了吧，那位仙女给小女孩快乐的秘诀就是：“身边的每个人，都需要你给予爱心。”

真情感悟

如果每个人都真诚地奉献自己的一份爱心，关心那些弱小的、受到伤害的、真正需要帮助的人，那么，我们的世界就会成为一个充满爱的天堂。

美丽的谎言

老奶奶美美地睡了一宿踏实觉，不过，蒙特娜却一夜未曾合眼——老奶奶因为没了思想负担，一整夜睡得鼾声如雷。

索菲·蒙特娜是音乐天才。3 岁时在微型木琴上模仿弹奏电视广告曲，父母连劝带哄才能把她从高高的琴凳上抱到饭桌前。

她的父母在中国工作过，经常给她讲“狼来了”的故事，教她要诚实，不说谎话。

蒙特娜聪明而刻苦，14 岁练习贝多芬的《命运交响曲》，竟把手指磨出老茧。15 岁那年冬天，天气特别冷，蒙特娜因晚上坚持迎着暴风雪去上钢琴课而患了肺炎。

她住进了汉诺威医院。病床左面是位女教师，右面是位文化不高的老太太。

女教师的女儿是医生，对母亲的病历总是严密收藏。

有一天，女儿不在，小护士竟把 ECT（加强 CT）诊断报告稀里糊涂地送到女教师手中。她见报告上写着：肝 Ca（癌症的缩写）晚期，这无疑是一纸死亡宣判书，她掩面而泣，一头倒在床上再也没起来。由于精神崩溃，女教师半月后便离开了人世。

蒙特娜非常震惊——一个事实由于真实地传递给患者，竟然加速了患者的死亡进程，“狼来了”的故事在这里绝对禁用。

词语百宝箱

半信半疑　凝视
天真无邪　鼾声如雷

母亲对蒙特娜说：“病人也必须讲道德：一、最好别打听病友是什么病。二、即使知道也万万不可对病人讲——因为，在这里住院的人，有许多是癌症患者，这是要命的病。”

住在左床的女教师离去了，让住在蒙特娜右边的老奶奶慌了神。老奶奶天天追问医生她是什么病，是否也得从医院后门被蒙上白布抬出去。

医生告诉她是肺炎，她却半夜溜进护士的值班室，偷来了自己的病历。病历上写着：右肺下叶中心型 Ca。“Ca 是什么病？”老奶奶问。

蒙特娜一时很为难。15 年来，她没说过半句谎话，此时怎么办？对一个老奶奶说谎话，这是多么难为情的事啊。她灵机一动，想起一根“救命稻草”：“啊，对了，您那肺叶上有钙，过去有肺结核，现在钙化了。”老奶奶半信半疑：“那我为什么还咳血？”“医生不是对您说了，有点肺炎，跟我一样。”“小姑娘，Ca 是钙吗？你不骗我？”“当然，您看，这里有证据——”蒙特娜翻开化学课本中的元素周期表，指着上面的 Ca 给老奶奶看，“您看，这是国际通用的元素周期表，Ca 在这里，是钙的缩写。教科书还能骗人？”老奶奶凝视着蒙特娜天真无邪、渴望信任的大眼睛，紧紧抱住这位报喜的天使哭了。

老奶奶美美地睡了一宿踏实觉，不过，蒙特娜却一夜未曾合眼——老奶奶因为没了思想负担，一整夜睡得鼾声如雷。第二天，蒙特娜问老奶奶打鼾的事，老奶奶说：“我又打鼾了吗？嗨！好久没睡得这样香甜了！你不会要求奶奶今晚戴着口罩睡觉吧？”蒙特娜听了老奶奶那么幽默的话，笑得直不起腰来。

老奶奶主动向护士承认了自己偷拿出病历的错误，护士惊讶地看着老奶奶，她奇怪，这个病人知道自己得了癌症为什么还会如此乐观，甚至是高兴？

> **词语百宝箱**
> 有根有据
> 天衣无缝

蒙特娜把自己编织的谎言偷偷告诉了护士，护士抱住蒙特娜连说："谢谢，谢谢。"医生谎称老奶奶肺部感染扩大，给她切掉了患癌的肺叶。

令所有医生和护士感到惊奇的是，不到一个月，老奶奶竟康复出院了，她的大女儿为了感谢蒙特娜有根有据、天衣无缝的美丽谎言，愿接受这位机灵的小姑娘做她的学生——义务教蒙特娜钢琴课。

当蒙特娜得知新老师的大名时，她惊呆了——她就是德国最著名的钢琴家安妮·索菲·穆特尔！

名师出高徒，蒙特娜的钢琴演奏水平一跃成"家"。去年她录制了第一张自己的演奏专辑光盘，很快销售一空，今天，这位18岁的清纯漂亮的女钢琴家每天坚持练习5个小时。

日前，她又录制出版了老师安妮作曲、她本人演奏的第二张光盘，专辑的名字就叫《美丽的谎言》。老奶奶倾听唱片，击掌打拍，摇头晃脑，大惑不解地问："我怎么听不出这谎言到底美丽在哪里？"

安妮对蒙特娜使个眼色，狡黠一笑："妈妈，您仔细听，这美丽就在七彩的音乐里，在人类的心灵里！"

真情感悟

谎言有时候也是美好的，善意的谎言能使在困境中的人得到鼓励，使他能勇敢地去面对困难。

高贵的情感

鲜花把车厢装点得鲜亮美丽，我们的心情也变得轻松愉悦起来。

二十年前，我们这帮地位低下、干着粗活的建筑工人每天挤着早班车，半睡半醒的我们把蓬乱的头蜷缩在脏兮兮的衣领里面，阴沉着脸，互不搭理。

一天，一个陌生的家伙加入我们中间。大家懒得多看他一眼，他上车时先和司机打招呼："先生，你好！"他在就座之前，又转身朝后面的我们友好地笑笑。司机毫无表情地点点头，其余的人也都态度冷漠。

第二天，这个家伙情绪高昂地跳上车。他笑容满面地问候："各位早上好！祝大家一天都开开心心！"我们这帮粗人对此感到诧异和莫名其妙，我们中的两三个人愣愣地看了他一眼，不情愿地咕哝着："好！"

第二个星期，我们更惊奇了。这个家伙竟穿上了一套旧式的西服，系着一条同样过时的领带，很明显，他稀疏的头发精心梳理过。他每天都快乐地向我们问好，渐渐地，我们也开始偶尔和他点头搭话了。

词语百宝箱

蜷缩　高昂

诧异

一天早晨，这个家伙抱着一束鲜花走进了车厢。“一定是送给你女朋友的吧？查利。”司机微笑着问道。其实，我们不知道他是不是叫查利，但这并不重要。查利略微害羞地点点头，说：“是的。”

我们这帮人热烈地鼓起掌来，有的还吹起俏皮的口哨。查利鞠躬表示谢意，然后又把那束花高高举起，像芭蕾舞演员一般优美地转了几圈，然后才坐到位子上。我们大家都看呆了，掌声再次响彻车厢。

从那以后，每天早晨，查利都要带一束鲜花上车。鲜花把车厢装点得鲜亮美丽，我们的心情也变得轻松愉悦起来。慢慢地，我们中的有些人也开始带花插入查利的那束花中。我们互相推搡着、笨拙而慌乱地把花插进去，黝黑的脸上闪着平常难见的柔情，柔情中又透着明显的难为情。“你好！你好！”大家开始笑着互相问长问短，兴致勃勃地开着玩笑，分享着报纸上的各类趣闻。

可是，那个早晨查利没有像往常那样出现在他等车的老地方。一天，两天，三天过去了，我们猜想他是不是生病了，或者，往好的方向想，他休婚假了。

星期五那天，我们几个人来到查利每次下车后走进去的那家公司，并让司机等我们一会儿。当走进那扇大门时，我们每个人都很紧张。

“我们公司没有叫查利的，但从你们描述的情况来看，他应该是我们公司的清洁工人戴文，”接待室的人告诉我们，“但是最近几天，他有点儿事没有来公司上班，不过你们放心，他很好。”很多天以后，在老地方，我们果真等来了查利。看见他我们都很高兴，热烈地上前拥抱他，有的人甚至快要哭了。这个原本与我们格格不入的家伙，却给我们这些情感粗硬麻木的建筑工人带来了柔情，用他的鲜花和微笑唤醒了我们内心深处最柔软的东西，让我们学会了传递关爱和快乐，也懂得了分担悲伤和痛苦。“我的一位朋友去世了。”查利说，神情很伤感。此时，我们也都缄默无语了，每个人的眼睛都潮潮的，紧紧握住查利的手。

那一刻我才知道，人与人的情感是一样的，它高贵、温暖、柔软，不能因为生活的艰苦、状况的不堪就忽略它的存在，那些快乐、悲伤、友好、爱情……

我们的手，紧紧地握住了查利的手。

真情感悟

一个普通的清洁工人却有着非凡的人格魅力，他用热情的生活态度，唤醒了一群冷漠、麻木的人，让大家变得开朗、活跃起来。人与人的情感，和他本人社会地位的高低是无关的。

常怀一颗感恩的心

陆峰怀着一颗感恩的心参加到工作中，他知道如果没有国家助学贷款的政策，他的大学梦根本不可能实现。

陆峰从小学习成绩优异，很早就立志要考上大学，他也没有辜负人们的期望，是全村唯一考上大学的孩子。由于家庭情况非常困难，民政部门在当年给了陆峰家几百元的补助，但是高额的学费依然没有得到解决。正在这时，陆峰听说贫困大学生可以得到国家提供的助学贷款，陆峰到学校成功地申请到了助学贷款，解决了他的学费问题。

陆峰在大学期间，利用寒暑假外出打工，自己也省吃俭用，赚的钱除了日常的开销，还可以省下一些贴补家用，减轻了家庭的负担。陆峰的学习一直非常优秀，在校期间他是班里的学习委员，并且每年都能拿到学校颁发的奖学金。

陆峰在努力学习的同时，还积极参加各种体育活动，他酷爱踢足球，在校队中担任队长一职，充分展示了他的领导才能。

由于陆峰学习成绩优异，达到了学校免试读取硕士研究生的标准，这对陆峰来说是一个振奋人心的消息，他可以免交学费，继续学习，他已经可以自己解决生活费用问题，

词语百宝箱

立志　辜负
期望

不用家人再为他操心了。毕业后陆峰得到了多家公司的邀请，条件优越，但他最终选择了留校当教师，报答学校为自己做的一切，还可以把自己的知识传授给更多的学生，使他们有朝一日能够成为优秀的人才。

陆峰怀着一颗感恩的心参加到工作中，他知道如果没有国家助学贷款的政策，他的大学梦根本不可能实现。每到夜晚，陆峰都要在校园中散步，望着满天的繁星，他常常陷入深深的遐想之中……

真情感悟

社会是一个大家庭，每个人都在互相提供着帮助，所谓感恩，就是对社会、对祖国、对身边所有给予自己帮助的人表示真诚的感激，并永远铭记在心。

把爱洒向万物

饿极了的狮子一眼就瞅到了墙角的人，它仰天长啸一声之后，便迫不及待地猛扑上去。

古罗马的大斗兽场几乎尽人皆知，那里面已经上演过几百次人兽相搏的场景，人们早就没有兴趣想象了。

至于那里出现过的一次奇迹，也许有的人还不曾听闻。

那次，在斗兽场上，人们把饿了好几天的狮子放了出来。当时，缩在墙角的囚徒罗支莱斯颤抖着拎起长矛，默默地祈祷。他想自己快要完蛋了，但愿狮子能给自己留下一个全尸。

饿极了的狮子一眼就瞅到了墙角的人，它仰天长啸一声之后，便迫不及待地猛扑上去。

罗支莱斯眼睛一闭，把长矛向前一刺，狮子却灵巧地避开了。就在这千钧一发之际，那只狮子突然停止了进攻，并且围着罗支莱斯打起了转。然后它又忽然停了下来，缓缓地在罗支莱斯身边卧了下来，温顺地舔着他的手和脚。

词语百宝箱

尽人皆知

千钧一发

全场顿时鸦雀无声，不一会儿猛地爆发出热烈的欢呼声。罗马皇帝也大为惊讶，破例把罗支莱斯叫上看台来询问缘由。

原来在三年以前，罗支莱斯在路边发现了一只受了重伤的狮子，他小心翼翼地给狮子包扎了伤口并照料它直到伤口愈合，才送它回到森林。今天在斗兽场里遇见的正是这只狮子！

听完了罗支莱斯的讲述，罗马皇帝大为感动，立即赦免了罗支莱斯。

真情感悟

人要保持一颗博爱的心，热爱自然、热爱动物、热爱人类。当把爱洒向万物时，也就等于把爱给予了自己。

一次平凡的救助

爱丽丝因为失血过多，需要马上进行手术，幸亏被及时送到了医院，才保住了性命。

杰柯巴和妻子是一对恩爱的夫妻，平时的生活充满快乐，晚饭后他们总要带着孩子外出散步，有时一家三口也会去电影院度过一个温馨的夜晚。但是半年前的一个晚上，妻子爱丽丝晚上下班回家，刚下完雨的路上非常湿滑，这时不幸发生了：两车相撞，剐倒了在一旁走路的爱丽丝，她顿时鲜血直流。幸好路过此地的的士司机把她救了起来，送往了附近的医院。爱丽丝因为失血过多，需要马上进行手术，幸亏被及时送到了医院，才保住了性命。当爱丽丝的丈夫赶到时，那位的士司机早已经走了。医生告诉杰柯巴，虽然他的妻子只是受了外伤，但是流了好多血，幸好抢救及时，才摆脱了生命危险。

当时，杰柯巴的心情非常激动，他从心底感谢那位的士司机。他问了医生和医院的工作人员，但他们都不知道的士司机的姓名，只是说了大概的身高和相貌，一时之间，杰柯巴陷入了茫然，他为不能当面感激的士司机对妻子的救命之恩而深感遗憾。看着脸色苍白的妻子，杰柯巴不忍心在这个时刻向妻子讲述是谁把她送往医院的。十几天过去了，妻子爱丽丝的伤势也恢复得差不多了，当她听说是一位的士司机救了自己时，心情非常激动，她发誓一定要找到这位救命恩人。

苍天不负有心人，通过热心人提供的线索，杰柯巴知道了救他妻子的人在洛杉矶的一家出租车公司上班。杰柯巴和妻子带着慰问品找到了他，在见面的一瞬间，杰柯巴的妻子激动得握住恩人的手，热泪盈眶地连声道谢，的士司机只是平静地说道：“别这样，别这样，碰上这种情况每个人都会这样做的。”这时，杰柯巴紧紧握住的士司机的手，激动得说不出话来，热泪也已经难以抑制。后来，他们成了挚友。

真情感悟

在日常生活中，也许很难见到惊天动地的壮举，但人性的光辉却一直在平凡的行为中闪烁。

人性中最高贵的情感

为了王皓的儿子，工友们纷纷慷慨解囊，希望能够帮助王皓一家渡过难关。

王皓的儿子患上了白血病，这对王皓一家来说无疑是沉重的打击，王皓夫妻俩都是毛纺厂的普通工人，每个月的工资只够基本的生活支出，儿子这一病，让他们的生活变得更加拮据。孩子刚查出患有白血病的时候，王皓的心里特别着急，就请单位的领导帮忙，给孩子找个好医院。有单位领导的帮助，王皓的儿子顺利地住进了一家大医院。

王皓儿子得病的事很快便在厂子里传开了，好多同事都自发地为他家捐款。一个工友对王皓说："大家的工资都不多，却是一份心意，我这500块钱你拿着，给孩子买些吃的，往后的日子一定会好起来的，祝你的儿子平安。"500块钱虽然不多，却是纺织工人半个月的工资，它代表的是工友之间的情谊。王皓感动地紧紧握住工友的手，对他说："谢谢，我会记住这份恩情，我会把你的祝福告诉孩子，告诉他有许多好心人在关心他，让他一定要坚强。"后来，厂里的领导还组织过多次募捐活动，为了王皓的儿子，工友们纷纷慷慨解囊，希望能够帮助王皓一家渡过难关。

词语百宝箱

拮据　自发

但是王皓孩子的病情逐渐恶化，厂里的领导决定让王皓回家照顾孩子，薪水还是按月发给他，但王皓坚持要守在工作岗位上。他很感激领导的照顾，所以他用自己的努力工作报答领导们的信任，报答同事们的爱心。

由于王皓的工作态度，他被领导提拔为办公室的副主任，他的工作更加繁忙了。在那段忙碌的日子里，他每天都要完成大量的调研工作，还要开会讨论厂里的规章制度，反复地研究、修改条款。后来，由于王皓长期拼命地工作，再加上回家后还要照顾生病的孩子，他在工作时晕倒了，摔在地上，头部鲜血直流，后来被同事发现时，他已经流了好多血。他被送到医院之后，情况十分危急，需要马上输血，而那家医院的血库告急，无法给王皓输血。

在这危急关头，厂里的领导们赶来了，询问了医生之后，马上组织全厂和王皓血型一致的同事赶来献血，他们挽救了王皓的生命。王皓醒来之后，握住单位领导的手，激动地说："谢谢你们，你们已经救了我家两次了，太感谢你们了！"

真情感悟

在危急关头，在困苦之中，得到一份援助会让人终生铭记，也许在这样的时刻一切语言都无法表达内心的感激，但毫无疑问，正是那些朴实的语言表达了人性中最高贵的情感。

满城尽是热心人

到了车站，我呆住了，只见满街上一辆辆的三轮车上都写着同样的广告。

2000年夏天，我和妻子双双下岗。母亲这时得了一场大病，儿子被一所重点大学录取。给母亲治病几乎花光了家里这些年的积蓄，儿子上大学一年得花上万元的费用，让我到哪里去弄？

像我们这样年龄偏大又没有技术特长的人，想打工都没人要。找不到工作只好考虑自己干了，妻子炒得一手好菜，我们决定在县城开个餐馆，取名“马哥”。

由于当时贪图房租便宜，选定的位置比较偏僻，餐馆开张一个多月了，却没有几个人来吃。我和妻子整天愁眉苦脸的，守着冷清的小餐馆发呆。

在我们的小餐馆附近，住着一户姓王的父子俩，是从乡下来城里谋生的。父亲蹬三轮，四十多岁；儿子叫小栓，只有十一二岁，灰头土脸的，每天早饭后就提着个蛇皮袋子外出捡破烂儿。老王告诉我，老婆有病在家，有个女儿在家照顾她。

我和妻子与老王父子俩慢慢地熟悉起来。他们白天一般不在家，只有晚上才回来。晚饭后，父子俩便到餐馆里来喝茶、聊天、看电视。有时老王回来晚，我们便喊小栓过来一起吃晚饭。碰上阴雨天老王活儿少回来得早，我们哥儿俩就喝上一气。对此，父子俩很感激，老王常约上几个蹬三轮的同伴来餐馆吃饭，尽管他们只能要碗面条或两个馒头。

有一天，天很晚了，老王出车还没有回来。我去喊小栓吃饭，到了门口，见他家敞着门，屋里没开灯，黑咕隆咚的。我喊了两声，没人回答，便走进去，开了灯。小栓和衣躺在床上睡着了，我走上前去一看，孩子满脸通红，伸手一摸他的额头，滚烫滚烫的。我立刻背起小栓往医院跑。经医生诊断，小栓得的是急性脑膜炎。医生说，幸亏来得及时，要是再晚来一会儿，孩子可能要留下后遗症。

这件事过去后，老王专门来小餐馆，掏钱让我妻子炒了两个菜请我喝酒。三杯酒下肚，老王拉着我的手说："马哥，来城里前乡亲们叮嘱我，要提防城里人，他们说城里人心眼多，专欺负乡下人。想不到，你们两口子心眼这么好，看来不管是城里还是乡下，还是好人多。"

又过了一段时间，小餐馆生意依然不景气。我和妻子打算将餐馆转让出去。我将这想法告诉了老王，老王什么也没说，转身就走了。看得出，他也很难过。

我把转让启事刚贴出去，奇迹出现了。来吃饭的人陆续多了，一向冷清的小餐馆渐渐热闹起来。

这是怎么回事？我和妻子感到莫名其妙。我急着想将这好消息告诉老王，让他也高兴高兴。可一连好几天，我连他的人影也没看到，也不知他忙什么去了。

这天，又有一伙人来餐馆吃饭，结账的时候，付钱的人对我说："马老板，您真会做生意，饭菜质量很好，价格也合理，和您在广告词中说的一样。"

"什么广告？"

那人转身朝大街上一指说道："看来您只顾着发财了，连自己的广告都顾不上看了，现在满大街的三轮车都在为您做广告。"

我吃惊地跑出餐馆，由于这里太偏，等了半天才等来了一辆拉客的三轮车，我看见车篷上写着：马哥好人，马哥餐馆，货真价实。下面还有餐馆的地址。

这是怎么回事？我顾不得和妻子说，骑上自行车向车站奔去，那里是三轮车聚集的地方。到了车站，我呆住了，只见满街上一辆辆的三轮车上都写着同样的广告。我一下明白了。

老王，我的好兄弟！望着眼前晃过的三轮车，我再也控制不住自己，大颗大颗的泪珠落了下来。

真情感悟

真诚和爱是人们心与心之间的美丽通行证，它可以消除隔膜，穿透冷漠，让温暖的爱护和真诚的接纳在人们心中自由流淌，生生不息。

面和山蕉

她越说，我的脸越红。一碗面才几块钱，她却一直牢牢记住，实在让我不好意思。

有个衣着朴素的老婆婆经过检票口，怯怯地要把用报纸包着的一些东西送给我。她神情谦顺，站在检票口旁边。等旅客都走光了，她才将我拉到一边，颤抖地说："小姐，这是我家自己种的山蕉，跟你们平常吃的香蕉不一样，给你吃吃看。我特地从山上带来给你的，外表不好看，不过真的很好吃，希望你不要嫌弃。"

她恭敬地抱着两串山蕉，请我无论如何都得收下。可是我跟她素昧平生，怎么好意思收呢？她将山蕉轻轻摆在检票口边上，拉着我的手说："小姐，你不记得我了？上个月我来这里找儿子，不小心把钱包弄丢了，我儿子的电话号码在钱包里面。我在候车室坐了几个小时，你请人去买面给我吃，还帮我买回家的火车票，你忘了啊？"我赶紧在脑海里搜寻这位老太太的影子，却一点儿印象也没有。

"小姐，我回家后，每天都想快点儿来跟你说谢谢，顺便把面钱还给你。"

词语百宝箱

嫌弃

素昧平生

她越说，我的脸越红。一碗面才几块钱，她却一直牢牢记住，实在让我不好意思。

“多谢你，钱你收回去。面我请，山蕉你请，好吗？我祝您身体健康。”

她见我收下山蕉，开心地跟着儿子走了，我抱着山蕉走进办公室，满怀的蕉香，让我有点儿飘飘然。如果人世间的真善美都能够借一碗面、两串山蕉慢慢舒展开来，那该多么美好啊。

人，可以一无所有，但不可泯灭爱心。爱心是人生的一道风景，爱心是促使一个人从幼稚走向成熟，从浮华走向博大的源头。

真情感悟

有爱心的人，纵然平凡，但绝不庸俗。因为他懂得：心中时时倾注善良和宽容，便会收获一生的幸福和甜蜜。人人多一份爱心，世间就会变得温暖而明媚！